이별의 수비수들 —

여성민 시집

문학동네시인선 223 여성민

이별의 수비수들

시인의 말

이별은 좋은 씨앗

이 씨앗을 너에게 옮기고 평생

인간으로 남으리

2024년 가을
여성민

차례

숙희

선희

경희

선희 경희 숙희

숙희

인간의 밤

우리들의 신에게 저녁은 종이처럼 붙어 있겠지 시간 밖에 존재하니까

물에 불은 종이를 떼어내느라 애를 먹는 날 있겠지만

내 저녁은 구운 고등어 한 마리의 가죽이어서 오늘은 고등어 가죽을 올려다보며 별을 헤었다

푸른 밤하늘만 벗겨내기는 어렵다 고등어를 남김없이 먹는 이유 신은 어떤 고등어를 구워서 저녁 하늘이 붉은지 우리가 어떤 시인의 가죽을 뒤적거려 밤하늘에 청색이 튀는지

시인들아 고등어처럼 죽지는 마라 신의 석쇠 위에서 고등어처럼 구워지지 마라 가죽을 벗어놓고 죽어라 시인의 가죽을 끌어다 덮어 밤이니

소고기 한 번 사 먹지 못한 생이 그렇게 아름다웠지
고등어 가죽만 남은 하늘을 뒤적거려도

이윽고 빛이 없었던 것처럼

내가 죽으면 씻어내지 마라 푸른 가죽 그대로 신이 별 헤는 밤

내가 찢은 테니스공

나는 세 사람의 겨울 숲 말할 수 없이 차고 아름다운 얼음의 시신들과 잔다 잠도 얼음이어서 꿈은 잠시 물로 흐른다 내 꿈이 너의 얼음이 되거나 네 얼음이 나의 꿈이 되는 숲에서 우리는 셋이었다가 넷이었다가 하나였다가 사랑은 한 무덤 합장 같은 것 얼음 밑에 얼음이 시체 위에 뜨거운 시체가 그리하여 투명한 얼음의 시신이 뒤엉킨 구덩이에서 너희들의 얼굴 내 사랑하는 자의 얼굴을 보려고 더 많은 얼음을 구덩이에 던지면 잠은 더 투명해지고 사랑은 뜨거워졌다 사랑하던 체위 그대로 녹는 내 얼음의 시신들이여 그때 새로운 합장으로 여기저기 새로운 체위가 생기던 구덩이마다 눈이 내렸다 눈 덮은 잠이 아름답고 꿈이 새는 구덩이가 아름다워 골짜기는 칵테일 잔 같았다 흩날리는 눈으로 칵테일은 넘치고 숲은 희미해졌다 물 빠진 테니스공처럼 잠이 또르르 새던 구덩이에서 흘러나오며 생각했다 내가 구덩이에 무겁고 밝은 것을 두고 나왔다 사랑은 밝은 것이 남아 테니스공 안에서 휘몰아치는 것이다 희미한 겨울 숲에서

웨하스

애인이 비밀번호를 바꾼 후부터 나는 웨하스를 먹어요

이유를 말할 수 없어야 슬픔이구요

타인이라는 말을 그럴듯하게 써먹어서 시인이 됐죠 「타인과 귤나무」 이런 시도 썼는데요 타인과 타자를 설명할 수는 없어서 연애도 평론도 못하지만

고마워요

나는 과자처럼 예뻐요

그리고 당신을 설명합니다 당신도 나처럼 관념적인 사람이라면 이별한 후에 우는 당신은 타인입니다 울고 나서 이별하는 당신은 타자입니다

타살인가요

괜찮아요 나는 내 집에 살아요 타인은 타인의 집에 살고요 그것이 문득 슬픈 날 있듯이

조금 전에 나는 애인의 방에서 웨하스를 먹고 있었죠

웨하스를 만드는 사람은 누굴까

예쁜 사람일 거야 연애도 잘하고 하모니카도 잘 불 거야
하모니카를 불고 나면 쓸쓸해져서 애인을 바꿀 거야 충분히
내가 그 애인일 것 같아

웨하스를 먹으며 울었죠 이유를 말할 수 없어야 애인이
구요

모두 웨하스 씹는 소리 나구요

태엽

인간이 첫 잠에서 깨어난 이후 천사는 꿈의 태엽으로 잠을 감았습니다.

수만 번 꿈을 감았지.
이런 사람들은 쉽게 망가집니다.

우리가 잠에서 만나는 낯선 사람들은 시계 수리공입니다. 그 사실을 알고 난 후 나는 꿈속에서 자주 도망칩니다.

그들은 공구를 들고. 태엽을 고치고. 날개를 뜯어내고. 잠이라는 태엽 통을 달았습니다. 꿈은 잠을 되돌리고. 인간의 시간을 되돌리고. 인간은 계속 인간입니다.

어떤 잠도 몸에 넣지 말고. 꿈결 같다 하지 말고.

나는 마지막 꿈에 이렇게 적었습니다. 이걸로는 부족할까요. 내 잠을 방문한 사람들이 경고를 들을까요. 야경 너무 예쁘다.

말하다 잠든 사람들.
다시 잠든 사람들의

여섯 장 증명사진처럼 밤이 옵니다. 무엇을 증명할까요.

두 손에 공구를 쥐고. 천사의 두 눈에 공구를 박고. 잠이 오 ⎯
는 방향으로 크게 감았습니다.

반 파인트의 기적

사랑은 육체를 물로 소유하는 것입니다

문장을 쓴 게 몇 해 전인데요

산소와 수소는 잊으세요 세례요한처럼 그저 물에 뉘고 물
에서 건지고

물을 물에 담으면 폐도 반 파인트의 물이고 어떤 가슴도
일 파인트 물이고 떠는 심장을 쥐면 물을 절개하는 것 같
은데요

물이 몰린 얼굴이 피가 몰린 얼굴처럼 아름다웠습니다

얼마나 숨을 참았는지 잠수의 기록들 내가 내 익사체들
과 사랑을 나누느라 강은 타들어가고 수면은 반짝였습니다
육체를 전망대로 사용했는데요

눈에 살얼음이 끼죠

이별은 물로 포도주를 만듭니다 문장을 쓴 게 얼마 전입
니다

남산에서 우연히 만나 전망대를 사이에 두고 우리는 웃어

줍니다 그리고 장면이 없죠 그날 그 사람을 어떻게 보냈는
지 물이 쓸어갔는지

　수소와 산소로 떠돌까요 숨을 쉬면 전망대처럼 살얼음 끼
는 폐에

　반 파인트 포도주가 모입니다

　이별은 반 파인트의 붉고 아름다운 문장입니다

나의 아름다운 사회주의

사랑이 끝난다 퇴근해야지, 저녁은
흘러내린 머리카락

약간의 빛처럼, 이라고 쓴다 빛이 남은 곳에 앉아

빛은 어떤 노동자일까
아침에 일하러 가고 저녁에 약해지는

나의 약한 노동자여 하고 빛이 줄어든 쪽으로 돌아앉은 것
이다 잘 자요 빛의 아내여 노동자의 아내에게도 담요를 흘
러내린 머리카락 올려주다가
사랑을 쓸어올리는 사람 있을 것이라고
사랑으로 약해진 사람들 이별의 수비수들 언덕에 모여 하
늘이 핏빛이라면
빛이 언덕을 빨아올리는 것이라면

빛은 피의 노동자이다

그러나 언덕을 내려가는 사람 있을 것이다 캄캄한 집에 누
워 부드러운 것 찾아 먹는 사람 있을 것이다

힘을 빼고
턱의 힘으로만

타인의 도움 없이 혼자 할 수 있어서
이별은 부드러운 노동

그리하여 어둠 속에서 내 쪽으로 돌아앉으며 부드러운 노
동자여 하고 불러본 것이다

피의 노동자도 되고 약간 연한 노동자도 된 것이다 하지
만 사회주의 연애는 존재하지 않는다고 국가는 나의 부드러
움을 구속할 것이다

복서의 사랑

사랑의 핵심은 상체만 기대는 것입니다
질 수가 없어요

밀면집에서 손에 감은 핸드랩을 풀며 은퇴한 복서가 말했
던 것이다 좋은 복서는 글러브에서 빛이 새어나오지 못하게
합니다 복서는 글러브 안에 숨긴 등불을 건네려고 싸웁니다

복싱이 그래요 빛과 물질의 관계 공기와 불과 물과 흙의
원소 중에서 불의 원소만 건네는 것이 복싱의 어려움이어서

탄내가 나요
물수건을 덮으세요 상체를 기대는 마음으로 불의 얼굴을
이기는 것은 물의 얼굴뿐이므로 눈보라를 덮으세요

사랑이 그래요 물수건 덮는 것

그 말이 좋아져서
여름내 물수건 덮었지 이 시원한 공기는 어디에서 불어
오나
팔을 벌린 나무는 권투선수처럼 쓸쓸한데 권투선수는 나
무처럼 아름답나

권투가 밝은 직업입니다

불을 건네고 물질을 두들겨서 빛을 숨기는 직업입니다   —

그리하여 나는 쓰러질 때까지 두들겨 빛을 파묻는 복서를 그려본 것이다 빛과 함께 자고 빛과 함께 이동하는 물질을 상상한 것이다 누군가에게로 걸으며 밝은 물질이 되는 사람을 이해한 것이다 그러나 나는 밝은 직업과 어두운 직업 중에서

사랑은 어두운 직업이라고 생각하는 것이다

가장 어두운 물질이 남으니까 사랑은 빛의 도굴꾼이라고 생각하고 마는 것이다 그때

여름밤 하늘이 습하고
희고 두꺼워서
밀면집 창으로 올려다본 하늘이 물수건 같았는데

공기가 다 빠져나갈 때까지 두들겨야 좋은 면이 나온대요 면 삶는 사람이 그러더군요
마침 밤하늘에서 빛줄기가 쏟아져 천체가 밀면 뽑는 기계 같았고

밀면이 더 밝은 물질이라고 내가 어깨로 울었던 것이다   —

상체를 넣어요 물속에
등불을 건네요 양손 훅으로

그것이 복싱입니다 하체는 물 밖에 두는 것

수비만 하는 사람들

아들은 수비수다 십 년 동안 수비수였다 프로 선수의 꿈을 접고 집으로 들어온 아들은 가족의 뒷모습을 서로 비슷한 오렌지인 것처럼 구별하지 못했다 미래의 사랑을 알아볼 수 있나요? 사랑이 아름다운 이유는 과거가 앞에서 오기 때문이에요 사랑의 과거는 정면에서 날아와요 우리가 그래요 수비수니까 아들은 말했다 우리는 미래를 뒤에 둡니다 그것이 수비만 하는 사람들이어서 인류의 절반은 오렌지나무 사이를 걷는다 누군가 불지른 세계가 앞에 있다 타는 세계는 과거다 한 번도 미래를 불질러보지 못한 아들을 보려고 관중석에서 일어서면 방어선을 끌어내린 수비수들 뒤쪽 일 야드 남은 미래로부터 더 넓어진 과거로 뛰어드는 아들이 보였다 이것이 우리 서정이에요 오렌지 타는 소리 아들의 등번호가 오렌지나무들 사이로 사라지면 나는 뒤돌아서서 생각한다 수비하는 사람의 앞이 아름답게 타고 있다면 뒤는 얼마나 서정적일까

잠

이런 잠 어때요 여섯 개씩 포장이 가능한 잠
입구를 금색 끈으로 묶어서 천사가 한 봉지씩 수거해 가
는 잠

식빵 같은 잠
왜 잠의 끝이 딱딱하냐고

부드러운 부분이 우리의 시간일까요 우유 없이도 인간의
시간을 부드럽게 할 수 있나요 삼십 년 사십 년 잠이라는 우
유에 적신 인간의 등을 사랑했지만

내 잠은 욥과 같아요

아내를 잠에 유기합니다
딸들의 시신은 흰 우유 속에 있습니다

이런 잠 우유통에 서로를 밀어넣는 잠 최소 이십 년은 우
유에 몸 담근 연인하고만
사랑을 나누는 잠
부드럽게 해줘요 이 말이 청혼인 민주공화국에서
그러니까 이런 유리병 어때요 평생의 빛이 들어 있는 유
리병
신의 형상으로

총알처럼 박아놓은 유리병
그것이 잠이야 인간의 잠을 수거하러 지상에 내려왔던
천사가 딱 한 번 말했던 유리병에서 부패한 잠이 흘러나와

밤은 검은데
한가운데 흰 우유를 붓듯
아름답고

유리병처럼
유리병처럼

잠이 인간의 등을 닦아줍니다 유리병처럼

눈 이야기

깊게 잠든 밤에 눈이 내렸습니다
눈이 내린 밤에 내가 깊게 잠든 적도 있습니다

이마에서 여러 사람의 비누 냄새가 나

이 사람은 얼마나 슬플까요

눈송이가 날아옵니다 손을 들어 이마에 닿은 눈송이를 누른 일 타인을 이마에 묻은 일이라고
눈 그치면 열 종류의 비누로 이마를 닦겠습니다

그리 아름다운 겨울이어서 겨울은 또 오고 이 나라는 해마다 눈이 옵니다 십이월에 내리기 시작해 삼월이나 사월까지 오고

한 사람의 이마에 닿기 전 눈송이는 얼마나 많은 사람을 지나왔을까요 어제 죽은 사람과 십 년 전에 죽은 사람과 1827년에 죽은 사람이 하늘로 올라가고 있는데
눈송이가 그들을 차례로 지나와 어제 죽은 사람이 먼저 녹고 십 년 전 죽은 사람이 다음에 녹고 1827년에 죽은 사람이 이마에서 지금 녹고 있다면

내가 머리를 쓸어내려 이마를 덮는다면

그래서 머리를 자르지 않는다면

타인 같겠습니다

가끔 이마에 미열이 났고
타인의 비누를 올려놓은 것, 내가 태어나기도 전, 기원전
2세기나 1827년에 이미 타인이 된 사람의 비누를 올려놓은

겨울이어서 해마다 눈 오고 십이월에 시작해 삼월이나 사
월까지

우리 이마를

식탁보처럼 덮겠습니다

사과

사과처럼 나를 한 바퀴 돌아온 사람을 사랑하지 한 모금 연기처럼

입안에 과수원이 생깁니다

나는 두 손으로 연기를 씻어 먹네 사과는 입에 들어올 것 처럼 손에 박힐 것처럼 사과를 먹은 날부터 사과들이 못 박 혔지 신이시여 이 사과를 내게서 옮기소서 과수원을 파내 소서 사실은

사과 밖에서 내가 사과에 박혀 있지 늘어져 아름답지

내 안에 못 박힌 사과와 사과에 달린 나를 생각하다 몸안 으로 가라앉는 담배 연기를 생각하다 사과에도 눈 쌓여야지 못 박힌 예수에게도 눈 내려야 아름답지 사실은

내 시를 읽은 사람이 있나봐
그래서 내가 아픈가봐 말한 시인이 있습니다

비빔국수에 못 박을 사과를 씻다 비빔국수 속으로 걸어들 어간 시인이 있습니다 사과 눈 예수 무너지는데 눈밭 사과 밭 무너지는 속을 걸어간 아름다운 날 있으니

울지 마
시는 눈깔처럼 쓸게

나무와 밀가루

여기 빛과 생각이 있어 언젠간 보여줄게

나무와 밀가루

생각이 아직 떠나지 않았는데 새들이 날아와 흰 밀가루를 얻어 가네

새는 정밀하고 아름다운 새 슬픈 생각이 많고 나무는 정밀하고 아름다운 나무 슬픈 생각이 많아

눈에서 자란다

이쯤에서 썸데이 나는 설탕을 사러 가지 흑설탕 백설탕 좋은 설탕을 고르는 일은 얼마나 어려운지

나는 한 번도 보지 못한 애인과 국가를 욕하고 어두운 나무 밑을 지나서 가네

나무 아래 개들이 모인다

나무야 나는 알아 판자처럼 내 눈에서 개를 떠내는 사람 개의 눈동자에서 나무를 꺼내는 사람

발생하는 것이 있어 여기 빛과 생각이 있어   —

나무와 밀가루

생각이 오지도 않았는데 새들이 날아와 밀가루를 얻어
가네

                                                         —

불완전성의 정리

나는 이발사를 사랑하지 이발사는 얼마나 수학적인 사람인지 비율에 관한 한 몸서리칠 만큼 직관적이라서 삶을 죽음의 쪽으로 빗어넘길 때

이발사는 복숭아나무를 눕히는 중입니다

복숭아나무가 누워서 어깨가 생기지 나는 기울기와 완전한 해변의 비율을 말하고 있지 어깨에 견착하기 좋은 기울기로

해변은 당신이 눕혀놓은 개머리판인 것이다

이것이 완전성의 정리인데 정리가 되지 않아서 복숭아나무는 어지럽고 당신과 나는 머리가 어지럽고 어지러워서 내가, 당신을, 당신이, 나를

복숭아나무를 어깨에 밀착한 사람을 나는 사랑해 가슴에 밀착한 개머리판은 얼마나 사적인가

개보다 사적인가

사랑이 그렇습니다 개머리판을 가슴에 밀착하는 것입니다 엎드려서 앉아서 개머리판을 밀착하고 떼지 마 분리하지 마 말하는 것입니다 당신이 안은 개의 머리와 내가 안은 개의 머리가 백도와 황도의 비율로 섞여서

일몰이 옵니다

당신이 해변에 앉아 일몰을 보거나 일몰을 보며 나를 기다리는 중이라면 면도날이 한 번 당신을 지나간 것입니다 이발사가 면도한 쪽으로 해변이어서 해변은 날카롭고 날카로운데 밀착됩니다 여름휴가를

이렇게 정리하네요

그래서 이발사를 사랑해 이발사는 얼마나 공적인 사람인
지 오늘 저녁엔 내가 이발사를 찾고 내일 저녁엔 당신이 이
발사를 찾아 밤은 정리가 되겠지만 죽음은

사람에게서 개머리판을 분리하는 것이다 가슴에서 개머
리판을 개머리판에서 해변을 분리하면

사람은 완전히 정리됩니다

애인과 시인과 경찰

삶은 겨냥을 잘해요 눈에 띄는 경향이죠 이별은 셋이 하는 거라서 카레에는 당근과 햄과 감자가 들어 있습니다
즉 포도와 감자와 테니스공의 공통점은 인간을 이해한다는 것입니다
슬픈 대목이죠

이별은 셋이 하는 거라서 죽을 때는 죽을힘을 다해 죽는 겁니다

시를 하나 쓰면 삼만원을 줍니다

포도를 삽시다 포도처럼 삽시다
포도 껍질 속에는 호루라기가 있습니다 당신의 창문 밑에서 입에 물고 껍질을 벗겨내던 호루라기가 있어서
포도는 눈을 감고 드세요

맑고 고운 소리

새는 얼마나 노련한지 포도씨만한 피로도 날아오릅니다

시인은 이별을 쓰는 사람입니다
테니스는 못합니다
사랑은 피로를 주지만

이별은 피로 하는 거라서

피를 토해야지 포도씨 말고 피를 멀리 뱉어야지 포도 껍질
말고, 울고, 뱉고, 씨 있는 테니스공이니까 죽어라 때려야지
강서브를 꽂아야지, 울고, 먹고, 그다음에 떠나는 것 죽을힘
을 다해 떠나는 것 오늘도 떠나고 죽어도 떠나고

포도씨만한 피가 모이면 떠나는 것

저녁엔 무얼 하며 시간을 보내는지 궁금하군요 나는 시
를 씁니다
카레는 얼마나 좋은 음식인지 한 방울의 피로 당근을 만
듭니다 이별은 혼자 하는 거라서
그 일이 고맙습니다

그다음에 포도를 권하는 일

필요 없는 새와 필요한 개

수요일과 가까운 개를 살 수 있다면

우리가 앉았던 버스정류장이 우리가 키웠던 개라는 것을 당신에게 말할 수 있다면

나의 슬픔은 옥수수와 닮아서

오늘은 오늘의 옥수수를 삶고 내일은 내일의 옥수수를 삶는 일과는 달라서

그리움은 개를 안을 때보다 옥수수를 먹을 때 실감이 나고 그것은 그렇고 그것은 그렇지 않다고 버스정류장에서 적다가 정류장에 오래 앉아 있었는데

버스정류장은 이중 면도날이라고 썼다가

슬픔은 더 삶아도 된다

그런 것이 아니라

슬픔은 필요 없는 새를 팔아 개를 살 때 찾아오는 거라서 버스정류장에 내가 앉아 있고 내가 개를 안고 있고 개가 수요일과 가까운 개가 아니라는 사실을 버스에 오르며 깨달을 때 실감하는 거라서

개가 강으로 왔다

개는 물을 마시며 개의 앞을 보고

개에게

이것이 필요한 개다

그리고 집으로 돌아가는 길에 당신에게 들러 내가 본 개를 말해주었다 물에 흘러간 개의 뒤를

옥수수냐고

일조량이 필요하다고 그것은 그렇고
그렇지 않지만
버스정류장에서 들고 온 럭비공을 당신 집에 버렸다
럭비공 안에 개와 빛이 있다
그것이 일조량이다 빛이 줄지 않고 늘지 않는
정원이 생겨서
개의 앞을 묻었다

루터

비는 샐러드처럼 와요
하고 말하면 어떤 사람은 비에 집중하고 어떤 사람은 샐
러드에 주목하지만
비는 어떻게든 오거든요 샐러드처럼 오거든요
피망과 파프리카의 차이점을 모르는데도 와요 이상하지
않아요? 기다려도 기다리지 않아도 오는 마음은 좋은 사람
같아요
물에 녹을 것 같아요

사랑이 물에 녹을까요

녹는다면 오래오래 입맞춤하겠습니다
정말 녹는다면 물고기를 잘못 샀군 하고 말하겠습니다 사
랑이라면
사랑이라면 사랑이 최후의 오 분이라면 구십오 분의 물고
기라면 그리하여 백 분 드라마라면
입술이라는

물고기를 물고
물고기를 교환하고

튀김 소리에 비유하겠습니다 입술과 입술이 닿으면 종교
처럼 고독해서요 이별이 종교적입니다

악에서 구하니까요

그리고 사실은 이렇습니다

인류의 구십 퍼센트는 이별한 사람입니다 십 퍼센트는 이별할 사람이구요

이별한 인류와 접촉해 이별하는 문명을 받아들인 사람이 서고에서 책을 분류하고 식빵을 굽고 식자공으로 취업하고 설교하고 갓 볶은 원두를 내려서

세상은 아직 선선하고

우리가 불에 탄 채로 거리를 달리며 긴 장마를 기다리지 않아도 되는 겁니다

시계의 아름다움

검은색이 끊임없이 벗겨지는 세계가 있다는 생각이 들어
언젠가 그것에 집중한 적 있다는 생각이 들어

내가 밀링을 해서 한쪽으로 밤이 쌓이고

밀링을 해서
폭설의 아름다움

말하자면 어떤 존재도 없이 밀가루만 흩날리는 세상을 상
상해봐 숨이 멎지만 당근처럼

당근처럼

몸이 밝아지는 날 있어 밤하늘의 별들이 어두워지거나 갑
자기 밝아올 때 쇳가루가 튀고 벗은 몸이 반짝일 때

외과 수술을 하고 있다는 생각이 들어 내가 네 몸에 집도
하고 있다는 생각이 들어 밀링을 해서
다이얼처럼 눈이 쌓이고
죽은 사람이 폭설 속에 엎드려 있다

시계의 아름다움

숙희

이별한 후에는 뭘 할까 두부를 먹을까 숙희가 말했다

내 방에서 잤고 우리는 많이 사랑했다 신비로움에 대해
말해봐 신비로워서 만질 수 없는 것에 대해 숙희는 말했다

눈이 내렸을까 모르겠다 신비로워서 만질 수 없는 것을 나
는 모른다 두부 속에 눈이 멈춘 풍경이 있다고 두부 한 모에
예배당이 하나라고

사랑하면 두부 속에 있는 느낌이야 집에 두부가 없는 아
침에 우리는 이별했다

숙희도 두부를 먹었을까 나는 두부를 먹었다

몸 깊은 곳으로
소복소복 무너지는

이별은 다 두부 같은 이별이었다 예배당 종소리 들으려고

멈춘 풍경이 많았던
사람이 죽을 때

눈이 몰려가느라 몸이 하얗다면

—　죽어서도 두부 속을 걷는 사랑이라면

　눈이 가득한 사람아 눈이 멈춘 눈사람 예배당 종소리 퍼
지는 지극히 아름다운 눈사람아 그러나 만질 수 없는 것을
나는 모르고
　두부는 생으로 썰어 볶은 김치와 먹어도 좋고

　된장 조금 풀어서

　끓여내는 이별

—

선희

인간의 집

　집에 상자가 가득했다 어떤 상자를 먼저 풀어야 할까 너는 말했다 천장까지 쌓인 상자는 여러 집에서 잔 잠 같다 타인에게 날아가는 버릇 때문에 인간은 누워서 잠잔다지 아름다운 잠이 쌓여 집은 슬퍼지는데 후추가 든 상자를 찾지 못해 너는 쓸쓸해했다 괜찮아 네 눈에서 검은 것이 날아와 내 쪽으로 밤이 온다 안을 부드럽게 파내고 한 사람을 가득 채우는 이 밤은 마음일까 물질일까 마음이라면 내 마음에 빛이 부족해서 평생 쓴 마음을 모아야 후추 한 병 이불이 든 상자를 풀 수 없어서 너는 비닐을 깔았다 비닐을 덮고 사랑하면 천사인 걸 알게 돼 한쪽으로 상자를 밀고 그렇게 했는데 비닐에 싸인 인간은 천사보다는 베이컨 같다 마음을 밖에 두른 존재처럼 천사의 마음인지 인간의 마음인지 모를 물질이 부스럭거려 눈 감고 인간을 생각했다 수분 많고 관절이 있는 상자를 노동조합처럼 인간이 숨은 상자를 그러나 상자 안에는 천사도 있을 것이다 여기까지 마지막 밤이었고 인간도 천사도 잊었지만 곰표 백설표 꽃소금 따위 단어들이 나의 밝은 세계로 남아 있다 세상은 그렇게 간단하고 아름답구나 아름다워서

　사랑해 하고 맨 처음 말한 인간의 이름은 무엇이었을까
　사랑해 무섭고 밝은 단어를 파내고

　인간이 인간 안에 들어가 누워 부스럭거리며 첫 밤을 보

낸 집은   —

  사람이라는 후추 한 병 다 비울 때까지
  눈에서 검은 것 날려 창밖에 자카란다 꽃나무와 장미와 라
일락이 불타며 피어나던

  인간의 집은 어디에

기적

언덕에 있습니다 여러 날인데요

밤하늘을 순회하며

라디오 시대에 사람들은 라디오에 박힌 밤하늘을 봤습니다 사과씨처럼
내게도 씨가 있어요 예쁜 눈

신이 얼굴에 밤하늘을 발랐고 눈이 밤하늘이고 사랑이 라디오의 밤을 순회하는 일이라면 이별이 접시에 밤하늘만 뱉는 일이라면

라디오 속으로 밤이 떨어지는 언덕에서 가장 서정적인 시절을 보낸 셈인데요

이별이 순수의 시대입니다

처음 입맞추며 눈 감은 이유도 같은 주제일까요 사과처럼 두 뺨을 쥐고 밤하늘을 밀어넣는 사람들 밤기운이 사무쳐 눈 감은
사랑은 오래 참고
사랑은 온유하며
진리와 함께 기뻐하지만

이별은 타인의 집에서 잠든 얼굴을 찾아 순회하는 선한 목자입니다

얼굴에 묻은 쑥이며 별빛이며 고린도서며 위험한 것을 두고 나는 언덕을 내려온 선한 사람입니다

인간의 얼굴이었던 밤하늘을 보며 기적을 믿었습니다

집의 이론

모퉁이 돌처럼

당신이 흰 돌 위에 검은 돌을 올려서 눈이 생겼습니다
사랑일까요

타인을 돌의 질감으로 보는 일

이 시도 돌의 눈으로 읽으세요 내 집은 만민이 기도하는
집이라 예배당마다 모퉁이 돌을 놓습니다 천국이 돌의 질감
이라면 우리를 그런 질감으로 흡수한다면

인간의 집은 어떻습니까 돌 속에 누운 돌이 있고
누운 돌 속에 라이터의 부싯돌이 있고

인간이 잠들면

한 인간이 일어나
부싯돌을 켜보는 밤입니다

돌의 눈으로 어머니를 이해하는 밤입니다 흰 돌과 검은 돌
의 눈에서 어머니가 반석을 추출합니다 어머니 돌의 질감은
남기세요 그걸 잃으면 인간을 잃고

사랑을 잃어요 화학자처럼 사랑하세요 타인의 질감을 추 —
출하는

광부여 좋은 사람을 캐려고 매일 내려가는 내 꿈속의 갱
도는 어떻습니까 이 반석 위에 내 집을 세우리니 말할 수 있
나요 눈을 감으면
신도 돌의 질감이었고

흰 돌을 빼 시인이 되었습니다

영국식 정원

끝나지 않는 마음이 있어요 제인 들국화 죽은 소사나무
들의 호수

당신이 목을 안으면
당신에게 기우는

내 안에 유리병이 있습니다

신이 빚었다더군요 숨을 불어넣어서 뱀보다 긴 휘파람소
리 유리병 안을 떠돈다더군요 휘파람으로 달콤한 사람 있죠
뱀의 로맨틱
입맞춤으로 뱀을 풀어놓는 사람 있어요 풀밭 위 식사처럼
제인 들국화 죽은 소사나무들의 호수
미치도록 있는데

자세히 보려고 불을 넣습니다 불타는 제인을 구해 불 먹은
들국화 불의 권세로 죽어가는 달콤한 것 꺼내 로맨틱 꺼내,
다 꺼냅니다, 소사나무 꺼내고 휘파람 꺼내고 뱀을 구하면

천사들의 일이란 빈병을 수거하는 일뿐이라고 하더군요
휘파람으로 긴 뱀 빠져나가 한평생이라고

발견할 수 있는 사랑은 다 발견했으므로 나의 이론은 이

렇게 끝납니다 어머니 내 어머니 당신의 아들은 걱정하지 ―
말아요
　　나는 내 죄가 좋아요

　　기울이면 신의 숨 풀밭을 기어갑니다
　　가득한 공기 가득한 공기

　　끝없는 마음

헝가리에서

교정을 나올 때 바람이 불었다 눈으로 먼지가 들어가서 그애가 아파했다 밤에 혀로 핥아주었는데 진달래 심었구나 그애가 웃었고 나는 헝가리를 생각했다 흰자위에 먼지가 있었다 그애를 약탈한 방패병처럼 레드인지 브라운인지 알 수 없는 비자유민주주의 국가 같은 먼지 한 점이었는데 헝가리라고 단 한 번 신성로마제국을 약탈한 헝가리 교양과목이던 천문학 강의실에서 우리는 만났다 빛의 천사가 아니라 천사가 빛을 수집한다는 말을 들었어 갑옷처럼 두른다고 했어 우리는 속닥거렸다 케플러망원경이 찍은 은하는 빛으로 가득했다 저렇게 밝은 것이 백만 년 전의 갑옷이라니 내가 했던 모든 사랑이 백만 년 후에 벗을 갑옷이라니 그 사람 이후로 사랑은 빛을 벗겨내는 일이었다 가장 날카로운 검으로 벗기곤 했다 은하수를 무찌르는 사람 같았다 그애를 그리워하지는 않았지만 가끔 뒷산 진달래가 궁금했다 헝가리에도 진달래 피는지 헝가리에서도 은하수가 보이고 헝가리 무사들도 갑옷을 입었다는 말 나는 믿는다 그애는 어떤 사람을 만날까 그 사람도 비자유민주주의 시민으로 잠들까 꼭 한 번 신성로마제국을 약탈한 헝가리에 대해 이야기할까 지금도 입을 맞추면 진달래 심은 것 같고 누군가를 만나면 안 아본 헝가리 같다 내가 안아본 왕정과 민주주의와 공산주의의 헝가리 내가 안아본 이슬람과 기독교와 가톨릭의 헝가리 돌아누우면 내 나라 내 집으로 돌아오지만 삼월이면 진달래가 피고 오지 마 가버려 그런 말 울긋불긋하고 헝가리는 벗

겨낼 수 없었다 하지만 사랑은 빚을 무찌르는 일이라고 형 ㅡ
가리를 믿는 일이라고

잠

나는 보수적으로 살아갑니다 가령 사랑하고 미워하고 잠
을 충분히 잡니다

백 년 동안 그렇게 살면 사람에게서 보리 냄새가 납니다

인체의 대부분이 수분이라는 사실에 놀라 잠에서 깨어나
기도 합니다 나머지 물질은 무엇일까요 잠일까요

죽음은 부드러운 빵 속에서
딸기 냄새를 맡으며 앉아 있는 일이어서

지난 백 년 지구상에서 가장 흔한 클리셰는 사랑하고 기
도하고

딸기처럼 자는 일입니다

사랑해 깨알같이 그것 말고는 좋은 일이 없더군요 아무
일 없지는 않아요 충분히 잤으니까요 사랑할 때도 보수적
인 체위를 선호하고
사랑이 끝나면 온 인류가 딸기밭처럼 잠듭니다
다정함에 질려

몸에 구멍을 냅니다

잠이 다 빠져나오면 잠 없는 몸에 들어가 앉습니다
내가 내 잠인 것처럼
딸기인 것처럼

잠들면 딸기잼을 짜며 보릿잎 같은 천사들이 밤새 지붕을
타고 날아다녔습니다

이별의 눈부심

이층 내 방의 창문 앞으로 전기선이 늘어져 지나가고

사랑이 참새 서너 마리니까요 이하니까요

오늘은 또 누구에게서 축 늘어진 사랑이 내 앞을 지나가
시나
그이를 알아보느라 눈이 흐려져

바밤바처럼 흐려져

우체국에 가서 명찰을 단 직원에게 우표를 사며 미자씨 사
랑해요 하고 말했다 목을 감아줘요
별에서 늘어진 빛이 지구에 닿듯

사랑은 목에서 빛이 늘어진 것이지만
이별은 바밤바 같아
나무 위에서 눈이 부셨어
내 눈을 네 눈에 우표로 붙였다
마지막 한 송이니까요 국가마다 성자의 얼굴을 발행하고,
침을 바르며 뒹굴던 우리, 손톱으로 긁어 눈에서 눈을 떼어
낸 이별, 침을 바르고 가라사대 눈멀어라
눈이 뭐 별거라고 눈은 그냥 물이야
이별할 때마다 봤던

바밤바처럼
아름다운 눈

긁어서 떼면 눈이 부셨다 이별이 뇌의 전 부분을 연결하
니까요

사랑은 개인적인 의견이니까요

지나갔으나 지나가는

스타벅스 이층에 앉아 시를 쓴다 여러 나라 커피를 마시
면 시간은 항상 여러 커피나무에서 딴 여러 저녁 같은데 여
러 나라 구름에 손을 넣은 적 있다 손등을 지나 손목까지

커다란 시계로 덮고 다닌 적 있다 거즈처럼

구름 낀 한반도라고 말했다가 복도에서 벌을 섰지
지금은 시계를 풀었지만 거즈 자국이 손목에 남아 있다
시계를 푼 손목은 고무나 젤리같이 느껴지기도 해 미운 애
인처럼

젤리는 이빨 사이에 끼고 세상은 젤리를 씹는 힘으로 가
득하구나 치아 사이에서 젤리를 빼낼 때 손가락이 잠깐 참
호에 들어간 느낌 엄마 몰래

여러 저녁에
참전한 느낌

언젠가 참호 밖으로 나갈 거야 소총을 멘 채 커피나무라
고 우기거나 죽은 병사들의 손에서 시계를 벗기며 엎드린
자세가 될 거야

지나갔으나 지나가는

우리의 시간이

지나갔으나 지나가는 물방울이

손목을 때릴 때 둥근 참호에 죽은 병사 하나 떠 있는 느낌

나의 아름다운 프랑켄슈타인

시인을 빨리 말하면 신이라고 말해준 사람은 어머니였다
어머니가 몸에서 가볍고 부드러운 구름으로 나를 덜어냈다

세계는 어머니보다 얇아서 시집 한 권 같았다

흘러다니며 묻은 건 수증기와 먼지 다정한 세계다 시의 세
계에서는 노동도 병도 다정하다 그러나 우리가 사는 세계는
시집을 쌓아놓은 것보다 복잡했고

열여섯에 신을 덜어낸 노동자가 되었다 사랑의 노동에는
서정도 거룩함도 없어서 스물이 되기 전에 성실한 이별의
조합원이 된다

이별하지 않기 위해 얼마나 많은 문장을 찾아다녔는지

정치의 문장은 사랑하기 전에 끝나고 철학의 문장은 이
별한 후에 시작한다 그사이에 서른 번의 이별이 있었다 여
전히 이별한다 사랑을 위해 수집한 문장과 이별을 위해 덧
붙인 문장으로 나는 신학자와 물리학자와 철학자와 정치가
가 되지만

신학자와 물리학자는 사랑에 대해 다른 설명을 한다 사랑
의 물질을 인정하지 않는 세계와 물질의 이별이 세계를 구

성한다는 설명은 다르다 비는 샐러드처럼 온다고 쓴 시인과 ⎯
샐러드처럼 비를 뿌리는 구름은 같다

　시인은 사랑을 설명하지 못한다 신이 몸에 구름을 넣었다

　백억 개의 구름이 흘러가고 있다 모양도 없고 일정한 구
조 없는 프랑켄슈타인이어서 신의 사랑이여 시인의 이별이
여 하다가

　아름다운 프랑켄슈타인이여 하고 말했다

나의 아름다운 개

단순한 이유로 이 집은 아름답습니다 나의 한 손은 양귀비입니다 신에게 감사를 오월에 피가 많은 사람이니까요 유월에 나를 스쳐갔다면 당신은 양귀비밭을 지나간 것입니다 내게서 묻어간 향기가 남아 당신이 연애도 하고 노래를 불러주고 선생님 기타에서 그리스도가 보이는군요 기타에 손을 박듯 연애하는군요 그러니 당신도 감사를 계절은 상관없어요 몸에서 진 적 없고 스러지지 않고 당신이 유채꽃을 보기 위해 다른 도시를 배회할 때 나는 탁자에 앉아 내 손에 집중합니다 아무도 없는 집이 얼마나 아름답겠어요 손은 나를 홀립니다 나무에 밴 성자의 피처럼 탁자에 집중하게 하는 힘이 있어요 이것으로 무엇을 하나 들킬까봐 탁자에 양귀비를 두고 나옵니다 알아요 우리 믿음이 부족한 것 예배당에서 두 손을 모은 것 나는 그럴 수 없어요 모을 수 없어요 나의 한 손은 만화입니다 부피 없고 온도 없는 손 내밀면 친절한 당신은 따뜻한 펜 터치네 말하겠지만 선과 선 사이로 배경처럼 당신이 보이고 선을 물어다 새가 집 짓고 쓸쓸해진 당신이 내 손을 잡고 달리면 나는 머리가 길어지는 뱀 피도 없고 피부도 없는 손은 형상이 천 가지로 변하죠 기도하다 선이 엉키죠 스케치 선 하나 그리고 신은 어떤 저녁을 생각했을까 간략하고 캄캄해서 울었을지도 모르지만 오늘은 따스한 바람이 들락거리고 회전하는 총알이 지나가고 굵거나 가벼운 펜 터치로 선 안쪽에 비를 뿌려요 선이 끊겨 비는 당신에게로 내리죠 봄비에 젖어 당신이 나를 사랑하죠 그래요 나는 오월에 피 많은 사람 한 손은 양귀비입니다 그리워져서 사람들이 잠든 창문에 내가 손자국을 남깁니다 밤의 유리창 저편으로 수확의 계절이 펼쳐집니다 길고 어두운 양귀비밭처럼 사월엔 피를 빼고 사랑을 했지 실리콘처럼 실리콘처럼 그러나 사랑합니다 새벽 미명까지 나를 세 번 부인하는 사람과의 포옹 들킬까봐 집으로 돌아와 뱀에게 양귀비를 먹입니다 그리고 나는 봐요 피가 많아지고 다리가 많아져서 우리집 개가 되는 나의 아름다운 뱀을 단순한 이유로 개는 과즙을 갖습니다 신에게 감사를!

시인

내게서 셔츠 냄새 나지요 내게서 셔츠 냄새 난다 내게서 셔츠 냄새 나지요 어디에나 빛이 있는 것이 이상하다

생활이 자주 아팠다
팔십 그램씩 종이에 싸서 나를 보관했다

생두처럼
사랑은 같은 종이를 잠시 끌어다 덮는 것이다 사랑한 적이 있어서 가슴을 쓸어내려, 사랑을 쓸어내려, 모든 것을,
다, 남은 것을,
쓸어내려
좋은 거 밑도 끝도 없는 거 얼굴을 쓸어내려 흰 종이에 생두 몇 개 던져서 얼굴이다 생두에 종이를 덮고

생두처럼 안아줘요

그러지 마
살았다고 하지 마

죽어서는 자신의 시를 덮는 것

나이팅게일은 닥나무에서 죽지요 나이팅게일은 닥나무에서 죽는다 나이팅게일은 백 그램씩 죽지요 나이팅게일은 백

그럼썩 죽는다   —

　조금 뒤에 이상하다

　빛을 열쇠처럼 쥐면 나와 너를 죽일 수 있다
　셔츠를 빨면

　이별이 밥처럼 윤이 났다

타인과 귤나무

나는 귤나무보다 착하다 아무도 읽지 않는 시도 쓰는군

그것이 참 이상하다

어째서 귤나무는 나보다 착해지려고 노력하지 않는 걸까 내가 시린 귤을 참으며 까먹고 있어도 귤나무는 미안하다는 말을 하지 않고 한 번쯤 말을 걸겠지 언제쯤일까

떨리는 목소리로 말을 걸어오지 않고 애인의 경우는 어떨까

내 애인은 귤을 먹고 육십오 킬로그램이 되었지 귤을 먹기 전에는 삼십 킬로그램이었다는데

요 귤나무를 어떻게 해야 할까 타일러볼까

착하지 않은 귤나무는 내 애인에게도 미안해하지 않고 애인은 미안해서 내게 자꾸 시계를 사주는데 시간은 자꾸 가는데 언제쯤일까
생각하며 시계를 보면 시계의 유리가 맛있어지고
단 귤처럼

이상하지 않아?

없는 것을 만진 일 아프고 이상한 일

생각하며 문을 열면 애인이 귤을 먹고 있다 나는 밥을 먹
다 귤나무보다 착해지다
조그만 부엉이야 해바라기야 구름을 퍼먹어 구름을 퍼
먹어

애인아 아프지 않게 흰밥을 퍼먹어
하지만 애인은 파란 귤도 맛있게 먹고 먹다가 아프고

이것 봐 다시 삼십 킬로그램이 됐어 아픈 애인이 귤나무
밑으로 올 때

애인이 끝난다
좋은 귤냄새와 함께

단어의 밝음

　연인들은 헤어지기 아쉬워 네 개의 신호등을 모두 건너네
요 사거리가 생긴 이후로 수백 년 사거리에서 사거리라는
얼음을 깎는 사람들처럼 지난 수백 년 사거리에 눈꽃이 튀
고 불똥이 튀었습니다 얼음 파는 집은 골목으로 골목으로
올라가 마침내 이 땅에서 사라졌습니다 마침내 불의 나라
가 이 땅에 임하였습니다 그리하여 연인들은 사거리에서 불
의 설교자가 되고 불의 설교를 토하네요 우리가 불이었을까
요? 야곱은 불입니다 불로 팥죽을 쑨 야곱 네 번의 사랑을
위해 네 번의 밤을 태운 야곱 그러나 내가 설교자라면 불의
야곱보다 얼음 속의 야곱을 설교하겠습니다 쌍둥이 형제와
얼음 한 덩이로 존재하던 날부터 야곱을, 오직 야곱만을 깎
은 더 아름다운 야곱, 밝은 물체가 남을 때까지 밝은 물질도
사라질 때까지 그리하여 자궁에는 얼음 깎는 사람만 남았겠
지요 밝은 단어 하나만 남았겠지요 처음 물이 언 세계가 있
고 처음으로 얼음을 깎은 사람이 있다면 얼음을 깎으며 얼
굴에 튄 불이 인간의 첫 화상이었을 거예요 손으로 만진 첫
마음이어서 우리가 밤에 하늘을 보며 타인을 덜컥 사랑하
는 건 매일 밤하늘을 덮는 저 거대하고 밝은 화상 때문입니
다 빛나는 알갱이가 가득해 당신은 애인이 되고 나는 시인
이 되지만 우리는 같은 사람입니다 집으로 돌아가 다른 컵
으로 물 마시겠지요 식도에서 얼음 깎는 소리를 듣는 당신
은 얼음 속의 야곱이겠지요 물을 마시며 화상자국처럼 좁은
식도를 타고 올라오는 진달래를 봤다면 팥죽 쑤는 야곱입니

다 그러나 우리는 같이 밝은 사람이에요 연애하는 시인이거
나 시 쓰는 애인이에요

인간의 핵심

내가 물로 우주를 썼습니다

물방울을 펴서

물로 쓴 저녁을 덮고 누워 우리가 사랑을 하고 물장구를
치고 증발합니다

물방울이 비로 내리듯
증발하지 않으면 어디서 사랑이 올까요

나의 사랑에는 수많은 별 은하수 증발한 수십억 명의 저녁
이 있습니다 저녁 하늘을 잠깐씩 보세요 한 사람의 얼굴이
보일 때까지 다섯 사람의 얼굴이 보일 때까지
궁창 위의 물과 궁창 아래의 물처럼
가까이 닿았던 얼굴이 지상과 천상으로 나뉘어

인간의 얼굴이 물방울처럼 텅 비었습니다
물방울과 물방울처럼

키스하세요
물방울임을 증명하기 위해

강 같은 평화 강 같은 평화 노래하지 마 강물을 보지 마 강

에 앉은 연인들이 소리쳤습니다 만 명이 사랑을 잃어야 물 ⎺
방울이 생기는데

　사랑할 때 얼마나 오래 물을 펴 당신을 초청했는지 생각
해주세요

　증발하세요 낡은 수선화 낡은 입술로
　나의 치사함을 사랑하세요

　낡은 사랑을
　끝없이 이어가는 치사함이
　인간의 핵심입니다

설경

모병이라는 말에 한없이 미안한데 사랑의 징병이라는 말
괜히 했을까 (ㄱ)이름에 기쁠 희 자 쓰는 희자는 페리오 치약
을 써 (ㄴ)밤에는 이쪽저쪽 이를 닦고 상쾌한 마음으로 폭설
을 바라보지 (ㄷ)시를 아는 남자여야 하고 (ㄹ)근육이 필요해
삼나무 같은, 그애가 말해서 또 근심이 생긴다 삼나무 같은
근육은 뭘까 풍경일까 한 사람이 운동을 하고 삼나무 같은
풍경이라면 사랑이 삼나무 한 그루 두 그루 미는 마음이라
면 조금 전까지 함께 웃었는데 애인이 애인을 구해주는 풍
경은 저녁 운동 같고 삼나무 같은 풍경이라 폭설을 보게 된
다 내가 한 사람 안으로 끌고 들어간 길, 한 사람이 내 몸 안
으로 끌고 들어온 설경이 평생 쓸 사람의 근육이어서, 사랑
하면 몸의 입구부터 눈을 치우며 들어가던 사람이어서 나
는 내부가 춥고 아름답다 사랑은 다 전체주의 같다 모병은
기름졌고 사랑의 징병조차 좋았던 무솔리니들이여 나는 이
탈리아의 아름다움에 속은 소년병이었다 다시 입을 맞추면
무섭던 무솔리니의 마음인데 이미 희자를 삼킨 마음인데 모
든 사랑은 입안으로 끌고 들어간 1943년의 이탈리아 눈이
무거운 나무들 치아처럼 가지런한 1943년의 입속을 걷다가
지난밤에 사살한 소년병을 찾았다 얼어붙은 소년병 위에 앉
아 나도 생활을 배울까 삼나무 같은 삼나무 같은 그런 말을
나누다 일어나자며 등을 두드리면 마음이 생긴다 작은 소
년병 같은

선희

경희도 편지 부치다 우유와 종달새 하고 말할까요

우리집 담장 밖에는 빨간 지붕의 우체국이 있습니다 라일락나무도 있는 우체국에서 라일락 떨어져 절반은 우체국으로 절반은 내 집으로 날아옵니다 그러면 우체국에서 분류하는 편지의 반이 집으로 넘어온 것 같은데요 우표 여러 장 붙은 편지가 잘못 배달되기도 하는데요

봄엔 개가 라일락나무 아래 누워 있었습니다 빗물에 떠밀린 라일락이 몸에도 붙고 죽은 개의 입으로 밀려들었습니다 개는 왜 라일락 아래서 죽었을까요
달리면 우정사업본부 스탬프 물결처럼 털이 날렸을 텐데 잘못 배달됐을까요

우유와 종달새

죽은 개 속에 잠옷을 입고 앉아 있었어요
봄이 개의 냄새로 퍼지는
나무 아래 앉으면

이별은

잠옷처럼 부드러워

나의 모든 이별이 한 번에 피어나는

라일락

사랑은 한 편지입니다 이별이라는 우표가 수십 장 붙은
죽은 몸에서 아름다운 것 떠다녀요

숙희는 나무 아래 지났을까요

경희

인간의 잠

헤어지고 담배를 배웠지 나는 채소라고 생각해 손가락이
건강해지지

이렇게 말하는 사람에게 내가 어떤 말을 할 수 있었을까요
옆으로 누워서 잔다는 말을 할 수 있었을까요

토스트처럼

채소의 힘으로 자거나
최소의 힘으로 쏟아진

사람에게 죄책감을 느끼진 않습니다

우리가 안을 때
부드러울 때 부드러운 곳부터

시반이 생기니까요 거기까지 건강한 타인 타버린 탄수화
물처럼 딱딱한 부분을 잘라내면 햄과 달걀과 양배추가 쏟
아지면 토스트를 끊을 수 있을까요 양배추가 쏟아지는 반
대편으로

옆으로 누워도 될까요 함께 잤던 잠들이 흘러나올까봐 옆
으로

옆으로만 눕는 사람들에게

슬펐던 잠들이 흘러나와
인간의 잠으로

따뜻하게 섭취되는 모습을 내려다보며 잠들어요

종이 공장

천사는 종이처럼 얇습니다 어디에나 있어야 하니까 파기
할 천사를 백 장 썰면

한 사람이 바닥으로 떨어집니다
눈이 쌓이듯

아름답군

이 말이 인간의 신호가 되었습니다
종이가 비계처럼 아름다워진다는 의미입니다

눈을 맞으며 걸으면 몸으로 뱀이 들어오는 느낌입니다

몸 안에서 천천히 떨어지는 중이라면
뱀이 쌓인 곳에서 뽀드득 소리가 난다면

눈 위로 뱀이 지나간 자리가 길고 좁게 빛나는 내 영혼이
라면

연애의 그런 점이 좋습니다
비계를 먹는 소리

신호를 받아 지나간 세계 말고는 아무런 세계가 없는 사

거리에서 신호를 기다리다
　눈송이들이 갑자기 우리를 향해 방향을 바꿀 때

　아름답군

　눈송이는 눈송이에게로 몰려갑니다
　눈송이가 눈송이와 부딪히지 않으며 눈송이에게로 몰려
가는 모습이 눈의 풍경을 만듭니다
　출렁이는 비계와 같았습니다

　내가 뱀처럼 사랑한다는 의미입니다

해안선

사과 깎는 세계는 얼마나 시끄러운지 바나나는 조용해 백
년 전 전쟁이 끝난 세계 같고
스스로 썩어 사라지는 해안선 같고
파도가 어떻게 해변을 구부리는지 어떤 그리움이 곡선으
로 썩는지
나는 새를 모른 채 살아야겠다 앵무새도 모른 채, 되새도
모른 채, 조지타운에서 날아온 사람이 헤어 롤에 되새 칠십
마리를 숨겨서 들어왔다는데
어떤 나무의 그리움이 새를 헤어 롤에 숨겼나, 새를 압수
한 수의사는 새의 그리움에 대해 어떻게 조언을 하나, 사람
들은 오늘도 헤어 롤을 머리에 마네, 새가 오지 않는 바나나
나무처럼 나는 기다리는 일에는 시간을 쓰지 말고 살아야겠
다 바나나 한 송이처럼
연애해야지 얼굴은 보지 말고 등으로만 해야지
해안선이면서 물을 피하는 바나나야, 나도 보내기만 해야
지, 애인도 보내고
나를 보내기만 하는 애인을 만나서
만나지 않아도 되는 연인이 되어야지
만날 필요 없는 연인이 되면 그리움도 없고 이별도 없고
어쩌다 생각이 나면 등을 조금만 구부리자
슬퍼서 부드러워지자
하지만 해변이 썩어 하나씩 사라져버리면 해안선 없는 지
구에서 우리는 어디로 몰려가나

바나나를 시곗바늘로 벽에 걸면 열시에 여덟시의 일몰이 ─
오겠지

　두 시간 늦게 살아 시인이 되겠지

　머리 냄새 같은 시 쓰면

　헤어 롤에 숨기고

　여름엔 슬픈 사람 와서 바나나 먹는 소리로 우는 해변에
가야겠다

속죄

사랑을 나누다 녹두, 하고 말했습니다 나도 모르게 그랬
습니다

녹두를 씹는 기분은 아니었지만 녹두를 씹다 종교를 생각
합니다 신이 한 주먹 녹두를 던져서 밤이 오구요
생강처럼 눈 오구요

열쇠 구멍은 아름다움으로 물듭니다

구덩이처럼 사랑은 열쇠공들을 한 구멍에 묻는 일이라

아름다움이 나를 잠갔습니다

불타는 방에서 또하나의 방이 불에 타고 있는 모습을 무
엇이라 설명해야 합니까
그러니까 한 알의 녹두가 불타는 방이라고 할 때 누가 불
탄 방들을 던져서 온 세상에 녹두가 자랍니다
생강처럼 눈 오구요

어제는 좋아하는 애가 내 방을 보여달라고 졸라 불타는
방에서 내 방을 꺼냈습니다 내 방에서 불타는 방을 포장하
려다

그애 손이 열쇠 구멍처럼 타고요

나는 내 방 열쇠 구멍에 그애를 묻고요

생각

너를 사랑할까 초밥을 사주니까 우리가 무엇으로 아름답
겠니
흰 운동화겠니
시멘트겠니

사랑 없이도 사랑을 나눌 수 있다

살로 밥을 덮는 것

시금치처럼
놀러와
나는 나 혼자 살아 너는 아주 밝고 지나갔구나 훌륭한 사
람아 너에게 가려고 권투를 배운다
수비하는 마음을 이해하려고

초밥을 먹는다
시멘트는 집을 짓는 데 사용한다 시멘트를 물에 갤 때 섞
여 들어간 꽃잎 몇 개가 이 집의 유일한
봄이어서

모두 봄에 죽은 사람 같다

초밥은 손으로 꾹 누른 새 같다 밥 먹어 밥을 먹고 더 약

해져야지 좋은 수비수가 돼야지 그것이 사람을 키운다 겨울 ⎯
엔 시멘트가 잘 떨어진다
　밥을 꾹 눌러 대야지

　초밥 한 점처럼

　자고 가야지

⎯

화양연화

─ 잘 몰랐지만 사랑은 어릴 적 숲으로 난 길을 따라 걷던 일
과 다르지 않다

숲에도 길이 있고
숲속에서도 사람을 만난다

인간이여 인간에게 놀라지 말 것

빛이여 붙어 오지 말 것
실처럼

그애는 알몸이었고 타인을 안아도 우린 실처럼 가늘다 사
랑해 하고 말할 때 공기 중으로 날아간다

산장에서 내려오며 벌목공들을 봤다
저 소리 들려? 목재를 반듯하게 자를 줄 아는 사람과 자고
싶었어 그리고 독재자처럼 그애가 큰 소리로 웃었다
느닷없이 부러지며

사랑은 해삼처럼 와

빈터에 빛이 내려앉고 미지근한 공기가 팽만해서 숲으로
난 길은 그애의 알몸 같고 나무를 벤 숲은 공기가 가득한 마

음 같은데

　그애가 검은 실처럼 아름다웠다

　그후로 좋은 사람 만나면 쉽게 사랑에 빠졌고 그렇지 않
은 사람이어도 놀라지 않았지만

　아침에 눈뜨면 공기에 밀려 걸어가는 검은 실이 보였다

순정

밤에 구별되지 않는 것은 개와 나무

나는 무서워 나무에서 복숭아를 따지 못하네 복숭아를 따고 나면 개가 남고

검은 개로 무엇을 할까 탁자를 만들면 무서움 없이 개를 만질 수 있을 텐데 개의 머리 위에 꽃병이라든지 노끈과 하얀 밀떡을 올려놓을 수 있을 텐데

목을 묶은 노끈에서 뜨거운 섬유를 빨아먹는 개를 보았지 섬유는 개의 몸으로 들어가
개의 섬세함이 되고 구석구석 들어가

개의 전부가 뜨거워진다

개의 몸으로 들어간 섬유는 흘러나오네 복숭아 향기처럼 개가 섬유를 먹고 섬유를 게워내네

섬유를 더 먹어라 뜨거운 섬유를 더 먹고 나무와 복숭아에 대해 생각해라
나무가 게워낸 붉은 유리들을 생각해라

온 세상이 먹고 버린

섬유로 된 시인을

나는 무서워서 복숭아를 먹지 못하네

복숭아에는 뜨거운 개가 들어 있고 개의 전부가 들어 있고

내가 먹은 개의 섬세함

콜링(Calling)

다섯 가지 잠 속에서 살았다 잠과 잠 사이에는 치즈 같은 의식이 있었고

풍경에 구멍이 많았다

직업이 없어서 그래요 시인이 직업인 나라는 없대

오늘도 나를 타박하고 타박이 좋지만 네가 죽었으면 좋겠다 눈 하나는 연질이고 다른 하나는 경질이어서 두 눈으로 보는 너의 세상에 요점이 없었으면 좋겠다

구멍 뚫린 치즈가 보기에 좋다

내가 말하노니 천국이 그와 같다 잠이 구멍을 만드는

치즈 속에 신은 있다, 없다, 있다고 말한 사람이 없었다 종이는 왜 이렇게 많아서 ①종이로 콧물을 닦고 ②좆물을 닦고 ③딱딱해지고 ④변색된 종이를 벗기고 ⑤치즈인 줄 알고 먹고

치즈 없이
종이에서 치즈 냄새가 났다면
직업이 시인입니다

치즈는 경질과 반경질, 반연질, 연질이나 액상이어서 폐
에 치즈가 가득찬 사람이 끈적이는 물을 뱉어

　내 시가 더러웠구나 말했으니 시인입니다

　일어나면 다섯 가지 형질의 눈으로 나를 내려다봤고

　사랑은 직업과 요점이래
　안아주는 네가 치즈 같았는데

　종이에 냄새가 없다

좋은 씨앗

우리가 바나나나무처럼 어긋났으면 왼쪽 주머니의 담배와 오른쪽의 볼펜처럼 가까운 주머니가 나를 한 바퀴 돌아먼 오로라가 되었으면

나는 신처럼 멋지게 담배를 피울 수 있지 내 연기가 손을 둘러싸게 할 수 있지 오로라처럼 오로라처럼 바나나가 휘어서 나는 남의 집으로 들어가네

이 집의 계단이 바나나나무라면 주인이시여 한 송이만 감춥시다 애인이 올라오지 못하게 노을이 집니다 노을이 집니다 좋은 씨앗처럼 우리가 바나나 속에 있습니다 여러분

한 사람의 그리움은 딱 바나나 한 개의 점성이어서 바나나 껍질 속에 한 사람이 누워 있는 것이다 그 사람을 알아볼까봐 바나나를 다 먹지 못하는 것이다 이런 식으로

말랑말랑 필리핀 같은 시만 쓰다가 죽은 시인이 바나나에 들어 있어서

새는 바나나를 먹지 않고

바나나 한 송이는 죽은 시인들의 사회

가라앉은 시

층계가 있는 집을 지어주세요. 층계가 많은 집. 층계가 층
계로 쉽게 연결되는 집을. 가라앉혀요. 개집 말고. 고양이
집 말고. 잊지 못할 카사블랑카 "시간이 흘러도" 가라앉혀
요. 셔츠를. 빨지 말고 담그세요. 그대로 주세요. 더러운 그
대로. 다리지 말고 부드러운 그대로 고양이 털 그대로. 시를
써주세요. 종이에 적지 말고. 손가락으로 써주세요. 물에 쓰
세요. 물속에 쓰세요. 더 빨리 쓰세요. 글자가 떠오르기 전
에 글자가 흘러가기 전에 다음 글자를 써주세요. 돌을 매달
으세요. 흘러가지 않게, 가라앉게, 시를 읽는 동안 시가 흐
르지 않게 한 글자 한 글자 시에 돌을 매달아주세요. 시를
가라앉히세요. 내 그늘을 가라앉혀주세요. 밥을 먹느라 책
상에 고개 숙이면 생기던 일인용 텐트를. 어떻게든 넣어주
세요. 텐트 안으로 화분을 옮겨주세요. 밤은 누가 내려놓은
화분이라는 말 들었어요. 가만히 내려놓느라 조용하다는 말
들었어요. 철모처럼 화분을 머리에 쓰고 열 명씩 엎드려 야
간 사격을 했었죠. 이런 꽃이 저런 꽃과 섞여 있어서 밤은
아름다웠죠. 이런 꽃 저런 꽃 내가 아름다운 것을 찧고요.
그것을 종이에 마는 시간이 낮이라고 들었어요. 신은 이런
저런 꽃가루를 종이에 말아 누가 한 대 피운 밤이라고 들었
어요. 손가락 사이로 연기가 남아 있던 탄피들. 용서하세요.
넣어주세요. 시간이 흘러도. 어떻게든 넣어줘요. 엄마를 물
에 넣어주세요. 엄마를 물속에 넣으세요.

개 이야기

여름은 해변에 가는 연인과 해바라기밭에 가는 연인으로
나뉜다

나는 아무데도 가지 말아야지

개를 보러 가야지 백 년 된 이 동네에는 백 년 된 개들이
누워 있고 누워 있는 개는 밤의 해변 같다 개 한 마리 누워
있는 게 어제오늘 일 아니지만

사람들은 개가 무서워 다른 골목으로 다닌다 백 년 된 골
목은 이백 년 된 골목으로 이어지고 개들이 모여 해바라기
인 척하고

아내여! 개가 무엇이 무섭습니까 개 한 마리만큼의 검은
색을 씨로 뱉으면 집에 해바라기밭 생기는데

해바라기 축제는 태백이 유명하다 함안에도 있고 양평이
나 제주에도 있다 팔월은 해바라기밭 연인과 해변의 연인으
로 전국이 시끄럽고

내가 개를 살살 벗겨서 집에 해변을 만든다

물에 비치는

개의 눈 같은 야경

밭에 간 연인은 해바라기씨를 집으로 가져와 집에서 뱉는
다 무서워라 무서워라 그러며 입에서 쉽게 씨를 벗긴다 해
바라기씨를 많이 뱉어 집에 밀양이 생긴다 아무데도 가지
말아야지 입 검게 밀양시 만들고 집에 제주도 만들어야지

여름에 해바라기 마을이 늘었고

병든 아내에게도 가져다주자 나는 간호할 줄을 몰라 꽃이

나 개를 안길 줄 몰라 해바라기씨 먹이자 검게 죽어가는 아
내가 욕하면
　개 한 마리 씨로 뱉고 밭으로 가서 아내들을 데려오자
　의정부 같은 아내 군산 같은 아내
　개에게 쉽게 다가가야지
　주머니 가득 넣고 관에 누워서도 뱉어야지 해바라기씨만
한 연애
　해바라기씨 하나만큼 죽여본 세계

미자의 기분 같은 일

줄거리라고는 국수 줄거리뿐이라서 당신들은 나를 나무라겠지만

국숫집 아저씨는 오늘도 국수를 뽑네

나는 국수를 좋아해서 하루에도 두 번 국수를 먹으러 가고 국수를 기다리며 누워 있는 일은 옥수수 같은 일 샴푸 같은 일

세상에 하나뿐인 국숫집 마당에는 하나뿐인 조랑말과 하나뿐인 나무

눈을 뜨면 국숫집 아저씨 국수를 먹고 있네 나는 조랑말과 자고

조랑말은 조랑말이어서 기린처럼 잠을 자지는 않지 기린은 삼 초 동안 잠을 자고 일 초 동안 기린의 기분을 유지하고

나무는 국수처럼 계속 자라 국숫집 지붕을 덮고

국수는 뼈로 자란다 밤이 오면 환한 뼈에서 국수를 뽑네 당신들은 나무라겠지만 슬프고 아름다워서 집으로 돌아가지 못하네 눈을 뜨면

네 뼈를 사랑한단다 얼마나 사랑하는지 흰 국수 보면 알지 국숫집 아저씨 국수를 말고 있네 미자 같은 일 미자의 기분 같은 일

  국수를 좋아해서 나는 뼈가 보이지 않을 때까지 국수를 먹고 조랑말은 조랑말이라 아름다운 줄거리를 모르고

  기린은 삼 초 동안 잠을 자고 일 초 동안 기분을 유지하네

  당신들은 나를 나무라네

의미하지 않는 것

비가 오면 감미로운 생각을 하게 되잖아 구리와 니켈

양은은 은색이다

라고 말하면 왠지 쓸쓸해지거나 카펫 한쪽이 젖는 것 같
아 양은은 은백색이고
색을 결정하는 것은 아연이니까 함석을

쥐어보면 알지 염소가 왜 관능적인지 카펫 위에는 염소
가 있고
카펫 아래엔 염소보다 육체적인 것이 알루미늄 포일이

에어플레인은 카펫 안에서 사라지지

다시 말해봐요 염소가 뭔지

그것은 금속처럼

얼굴에서 두 손을 파내고 하나의 그릇처럼
은은 은의 기분을 만든다 그것은 의미하는 것 아연은 살
보다 육체적이고

비가 오면 알루미늄과

함몰하는 에어플레인 에어플레인 따뜻하고 요구르트 같은

— **어둡고 조용히**

— 무얼 하며 보내니

나는 메밀을 만지며 하루를 보내
메밀을 씻으며
돌처럼 빛을 골라낸다고 믿는 사람들 때문에 어두워져서
하코다테언덕에 뉴욕이나 영화 속 이름 모를 언덕에 겟세마
네언덕에 저녁이 오고
함께 메밀밥 지어 먹으며

메밀밭 하나만큼 사랑한 느낌이었다가
메밀밭 하나만큼 이별한 기분이었는데 우리 꼭꼭 씹어서
이 밥을 다 먹자 남은 빛을 보관하는 마음으로

그날도 보관한 빛이 저물고
너의 집 창문 밑에서 서성이고 있을 때
네가 박카스를 내밀어서 세상이 참 곤란하다 당신을 응
원합니다 이런 뜻일까 앞으로는 박카스를 애용해볼까 이
십 년 모은
마음일지 모르니까
박카스처럼

사랑은 갈색 병 하나 안고 어두워지는 일 빨리 어두워져서

—

예쁜 사람이 많았다

병 하나에 담을 수 없는 사람이 많았다

저녁 빛이 병 속에 남아 밖이 갈색이고 안이 갈색이고 그런 사람 있어 눈에 유황을 모으며 누워 있는 사람

시계의 아름다움

손이 불탄다 손목까지

태엽처럼 말려들어갔다고 적었다가 지운다

이것은 서기의 문장이 아닙니다 나는 소리친다 나는 옳다
그것은 그의 일이다

그는 시인이었다

그는 자신을 가둘 만한 완벽한 시를 원했지만 어떤 시도
그를 가두지 못했다 그가 마지막으로 쓴 단어는 비스킷이
었다

이것이 증거입니다 그는 말을 잊지 못한다 그는 그가 하
려던 말을 잊었다

그가 마지막으로 한 일은 우리 앞에서 타들어가는 손으
로 쓴 것,
나의 노동은 여기까지였네
두 손이 시계 속으로 들어가버린 후

쇠 속에서 날아가는 새와
쇠를 먹어버린 비스킷

법정 서기는 받아 적는다

그는 갇히고 그는 부서진다 인간의 시간과 함께

브라운

무언가 일렁였는데

아름답고 빛

네가 알 수 없는 말을 해서 알 수 없는 화가 난다
너는 꽃과 마리아와 요셉에 대해서 가늘게

술과 마리아 요셉과 푸른빛

알 수 없는 말들이 섞여서 나는 돌아눕는다 우리는 판자
위에 누워 있고 가까울수록

판자를 만지는 기분

꽃과 페인트 이렇게 말해놓고 나면 무언가 결정된 것 같다
요셉과 판자 이렇게 말하면 빛이 압축된다 꽃은 요셉을
잊지 못한다

여기까지 내가 아는 슬픔

무엇인가 밀려왔고 무엇 때문엔가 우리는 울었는데 이천
년 전의 술처럼 울었는데 술처럼 출렁이는 저녁과 마리아와
요셉을 끌어다 덮고 울면

발생하는 말들

말하자면 나는 딱딱한 목재
너무 아름다워서 눕혀놓는 것

저것은 뭘까 일렁이는 것이 있는데

꽃과 페인트 빛과 브라운

그런 말들이 섞여 어지럽고
돌아누워서 브라운, 하고 말했다 가늘게

브라운, 하고 말하면 이천 년 전의 술을 마신 것 같고

방금 기도를 드린 기분

찰리 브라운

찰리는 죽었다. 브라운은 부고에 죽었다는 말 대신 좋아하는 낱말을 넣었다. 찰리는 들국화. 소식을 모르는 옛 친구가 전화를 걸어와 찰리의 안부를 물으면 찰리 브라운이 슬퍼하며 대답했다. 찰리는 들국화. 그리하여 찰리는 향기롭고 피고 지고 브라운을 낳고. 시간이 흘러 다시 찰리는 들국화. 찰리 브라운은 부고를 냈다. 장례식장에서 많은 사람이 찰리 브라운의 손을 잡았다. 애도하네. 찰리는 살구. 살구꽃이 피고 찰리는 브라운을 낳고. 브라운은 여전히 찰리 브라운. 찰리는 살인자. 찰리는 콜레라. 나는 찰리 브라운의 오랜 친구다. 찰리 브라운은 가끔 내 시를 읽었다고 말했다. 이해하기 어렵다면서. 그래도 좋다고 말했다. 뜨거운 여름 내가 다시 찰리의 장례식장에 갔을 때 찰리 브라운은 행복해 보였다. 하루 전에 아내가 내게 건네준 부고장에는 이렇게 적혀 있었다. 찰리는 죽었다.

경희

귤나무 같군요

내가 그렇게 말한 날부터 경희는 귤을 먹었다 자신을 설득하려고 비 오는 날에도 귤을 먹었다 집중하려고 여름 내내 먹었다 귤 사러 가는 길에 귤나무 파는 곳을 찾아보았다 아무도 귤나무를 팔지 않아서 경희는 귤을 더 먹었다 아는 사람이 죽은 날에도 잘 모르는 사람이 죽은 날에도 먹었다 예쁜 귤 달고 맛있는 귤 질리도록 먹었다 입에서 귤냄새가 나서 잠시 끊었지만 다시 먹었다 흙을 덮고 잠든 것 같아 등을 끌어안고 경희는 말했다 신념에서 시원한 냄새가 나 복도에 스티로폼 상자가 늘었다 혼자 사는 사람들은 아무도 없는 밤에 문을 열고 나와 빈 상자를 열어본다 문밖에서 복도에서 그들은 무언가를 설득하고 있다, 가령

흙은 지구에만 있다 그 점이 중요하다고 경희는 말했다
가고 나면 뜨거워진다고

이것 봐요 몸의 뜨거움과 설렘
박테리아의 이동을 봐요

잠시 인간을 묻었던 설렘

선희 경희 숙희

낙원

　선희는 착한 여자입니다 경희는 팥빵을 좋아하고요 팥빵
먹는 소리에 잠을 이루지 못해 숙희는 타월로 방문을 틀어
막습니다 우리의 나날은 그저 각자의 코르크로 병을 틀어막
은 사람처럼 자신의 병 속에서 흘러가다 돌아오고 가끔 코
르크 마개 뽑는 소리가 방에서 들리고 그러나 한집에 살고
사인용 식탁에 앉아 커피를 내리거나 영국의 날씨를 이야기
하며 몇 편의 시로 하루를 보내는 심각할 것 없이 단조로운
나날입니다 허연의 「장마의 나날」*을 장미의 나날로 읽은
것이 나인지 선희인지 모릅니다 경희나 숙희일 수도 있습니
다 사랑이 다시 시작된다고 믿었을까요 네 사람이 먼 곳까
지 걸어갈 때도 있는데 언덕 하나 없고 미루나무도 없는 평
원은 아무리 걸어도 끝이 없어서 걸어가다 돌아오곤 했습니
다 우리를 둘러싼 희미한 대지는 팥빵을 싼 종이 같아 우리
는 이것을 회색 종이라 부릅니다 칼이나 열쇠로 흙에 아무
렇게나 금을 긋기도 합니다 내가 그은 선이 미루나무나 언
덕이나 비라고 믿으며 더 많은 선을 그으면 장마의 나날이
올지도 몰라 그 말을 한 사람이 나인지 선희인지 모르지만
들판 여기저기 길고 짧은 선이 늘었습니다 나중에 회색 종
이를 구기면 낙원이 생기겠지 사람들은 모르지 언덕을 만들
고 급류를 만든 사람이 누군지 외과의사는 자신이 그은 선
을 구별한대 언젠가 말이야 낙원에 가서 각자 그은 선을 찾
아다니자 그런 말을 하며 걸어가다 돌아오는 나날입니다 한
사람이 죽으면 열쇠로 땅을 파고 타월로 틀어막고 부드러운

흙이 될 때까지 밟으며 보낸 나날입니다 여전히 경희는 착
합니다 숙희는 팥빵을 좋아하고요 선희는 타월을 정리합니
다 사랑이 시작되어도 사랑이 끝나도 무관한, 섞이지 않고
흐리며, 쓸어안지 않고도 같이 흘러가는 나날이어서 아무도
나가려 하지 않습니다 쇠락해도 다시 피지 않으며 우리가
틀어막은 사랑이 낙원이라는 것을 알고 끝까지 걸어가다 돌
아오는 회색 종이 안에 삽니다

*『오십 미터』, 문학과지성사, 2016.

사랑이 시작되어도 사랑이 끝나도 무관한 이별의 낙원에서

육호수(시인, 문학평론가)

1. 처럼의 세계, 사건으로서의 직유; "내가 내 잠인 것처럼 딸기인 것처럼"

　여성민 시집을 먼저 읽게 된 독자로서, 읽기에 여러 번 실패했다는 이야기부터 해야겠습니다. 유연하고 돌연한 연상의 징검돌 사이에서 발을 헛디뎌 강물에 발을 적실 때가 많았습니다. 신성(상징)과 노동(현실)과 상상(이미지), 이 세 개의 세계를 바쁘게 오가며 겹쳐지는 시의 공간에서 지금 화자가 어디에서 누구에게 고백하는지, 무엇을 해체(불화)해 무엇을 제시(융화)하고자 하는지, 그보다 먼저 각 부의 제목이기도 한 '숙희'와 '선희'와 '경희'는 무엇을 공전하는 트리니티인지 의미화하는 데에 여러 번 실패했어요. 그러다 오래전 듣고 묵혀두었던 아포리즘 하나를 새삼스레 꺼내어 생각해보았습니다. 시를 쓰는 과정도, 시를 읽는 과정도 본질적으로 어떤 실패를 내정하고 있다는 것. 언어는 실패한 침묵의 한 형태이고, 이미 실패한 언어가 또 한 겹의 침묵(이때는 독자의 것)을 투과하고자 하는 무모한 몸부림이 '시'인 것이겠죠. 그리고 생각했습니다. 이 시편들이 어떤 실패에 관한 후일담이라면, 혹은 어떤 실패를 도모하고 있는 것이라면, 시에 다가가기 위해서는 읽는 사람 역시 실패를 선행해야 하는 것이 아닌가 하고요. 그러니 제가 여기서 할 수 있는 이야기는 이런 것일 텝니다. 여성민 시인은 어떤 실패(이별)에 다가가기 위해 어떤 실패(사랑)를 도모하고 있는가? 독

자는 이 실패(사랑)에 동참하기 위해 어떤 실패(이별)를 겪
어야 하는가?

　먼저, 흔히 '직유'에 사용되는 '처럼'에서 시작해봅니다. 무
엇보다 시집 곳곳에 있던 이 '처럼'의 자리에서 저는 거듭 읽
기에 실패했거든요.

　우리들의 신에게 저녁은 <u>종이처럼</u> 붙어 있겠지 시간 밖
에 존재하니까
　　　　　—「인간의 밤」 첫 행(밑줄은 인용자, 이하 동일)

　비는 <u>샐러드처럼</u> 와요
　　　　　　　　　　　—「루터」 첫 행

　<u>사과처럼</u> 나를 한 바퀴 돌아온 사람을 사랑하지 한 모
금 <u>연기처럼</u>
　　　　　　　　　　　—「사과」 첫 행

　천사는 <u>종이처럼</u> 얇습니다 어디에나 있어야 하니까 파
기할 천사를 백 장 썰면
　　　　　　　　　　　—「종이 공장」 첫 행

　우리가 <u>바나나나무처럼</u> 어긋났으면 왼쪽 주머니의 담배
와 오른쪽의 볼펜처럼 가까운 주머니가 나를 한 바퀴 돌아

먼 오로라가 되었으면

——「좋은 씨앗」첫 행

직유는 불러옵니다. 직유는 서로 다른 두 대상을 잇습니다.
(보조관념을 폐기하지 않는다면) 이 '처럼'의 인력은 상이한
두 세계를 당겨 겹칩니다. 그러나 이 둘이 겹쳐지는 것은 각
자 가지고 있던 어떤 닮음 때문입니다. 예컨대 '앵두 같은 내
입술'이라고 입술을 앵두에 비유할 때, 이 비유가 전제하는
것은 앵두의 붉음과 입술의 붉음이 닮았다는 것이지요. 그러
나 이 시집 도처에 '처럼'이 쓰일 땐 원관념과 보조관념 사이
의 거리가 너무 멀거나, 닮음의 정보가 비어 있어 둘 사이의
접점을 떠올리기 쉽지 않습니다.

"우리가 바나나나무처럼 어긋났으면"이라고 말할 때 어
째서 바나나나무가 "어긋"나 있는지, "사과처럼 나를 한 바
퀴 돌아온 사람을 사랑하지 한 모금 연기처럼"이라고 말할
때 사과가 어째서 한 바퀴 도는지, 그리고 그것이 어떻게 한
모금의 연기와 연결되는지 독자가 경험적으로 알고 있는 정
보로는 추측하기 어렵습니다. "비는 샐러드처럼 와요"라는
문장 역시 마찬가지이지요. 이 문장 내에서 독자는 이 비유
에 대한 이해에 실패하게 됩니다.

그러니 궁금해집니다. 이 불완전한 둘 사이를 당기는 힘
은 무엇일까요? 화자는 왜 이렇게나 먼 거리감을 견디고 매
개하고 있는 걸까요? 이 '처럼' 사이엔 쉽게 의미화할 수 없

는 어떤 구덩이가 있는 것 같습니다. 억압되어 있던 원관념과 그 대체물인 보조관념 간에 공통점이 있을 때, 이 둘의 표면적 어긋남과 내면적 일치함 사이의 밀고 당기기가 시적 긴장감을 만들어냅니다. 그러나 앞선 문장처럼 그 둘이 너무 멀어져버리니, 실패한 비유처럼 보입니다.

이 첫 문장들의 실패는 이후 진행되는 연상과 시적 공간에 필요조건이 됩니다. 공통점이 없어 의미화할 수 없었던 원관념과 보조관념 사이 벌어진 공간을 매개하는 연상들이 생겨나고, 연상의 꼬리를 물며 물질과 상징, 관념과 이미지가 서로의 결여에 침투하고 융화되는 기묘한 시적 공간이 탄생합니다.

사과처럼 나를 한 바퀴 돌아온 사람을 사랑하지 한 모금 연기처럼

입안에 과수원이 생깁니다

나는 두 손으로 연기를 씻어 먹네 사과는 입에 들어올 것처럼 손에 박힐 것처럼 사과를 먹은 날부터 사과들이 못 박혔지 신이시여 이 사과를 내게서 옮기소서 과수원을 파내소서 사실은

사과 밖에서 내가 사과에 박혀 있지 늘어져 아름답지

내 안에 못 박힌 사과와 사과에 달린 나를 생각하다 몸
안으로 가라앉는 담배 연기를 생각하다 사과에도 눈 쌓여
야지 못 박힌 예수에게도 눈 내려야 아름답지 사실은

　내 시를 읽은 사람이 있나봐
　그래서 내가 아픈가봐 말한 시인이 있습니다

　비빔국수에 못 박을 사과를 썻다 비빔국수 속으로 걸어
들어간 시인이 있습니다 사과 눈 예수 무너지는데 눈밭 사
과밭 무너지는 속을 걸어간 아름다운 날 있으니

　울지 마
　시는 눈깔처럼 쓸게
　　　　　　　　　　　　　　　　　　　　　　　　　　　　　　　　　──「사과」 전문

　사과를 사과로 생각해서는 시를 따라가기 어렵습니다. 첫
문장, 직유로 연결된 "사과"와 내가 "사랑하"는 "한 바퀴 돌
아온 사람"은 서로 자리를 바꾸며 끊임없이 변주됩니다. 이
사과를 먹은 후부터 사과들에는 못이 박히고, 나는 사과 밖
에서 사과에 박혀 있습니다. 나아가 화자는 "내 안에 못 박
힌 사과와 사과에 달린 나"를 생각합니다. 이 사과는 태연
하게 종교적 상징인 십자가 그리고 "예수"와 자리를 바꿉니

다. 시의 화자인 '나' 역시 사과의 자리였던 십자가, 예수와 자리를 바꿉니다. "내 안에 못 박힌 사과"라는 이미지에서 '나'는 십자가의 자리, 사과는 예수의 자리를 각각 대신하고, "사과에 달린 나"라는 이미지에서는 거꾸로 '나'가 예수의 자리, 사과가 십자가의 자리를 대신하지요. 그렇지만 이 자리바꿈이 완전한 대체는 아닙니다. "사과에 달린 나"라는 장면이 성립하기 위해서는, 십자가라는 상징이 가진(상징이 되기 전 가졌을) 이미지와 물성이 사과라는 기표로 대체된 후에도 남아 있어야 합니다. '나'는 사과나무, 혹은 십자가에 달려 있을 수는 있겠으나, 사과에 달려 있을 수는 없으니까요. 연기에 둘러싸인 듯, 흰 눈에 덮인 듯 이들은 모호하고 묘연하게 얽혀 있습니다.

시 마지막 자리인 "비빔국수에 못 박을 사과를 씻"는 장면을 들여다봅니다. 비빔국수(십자가)에 못 박을 사과(예수)를 씻기다가, 화자이자 화자가 아닌 "시인"은 "비빔국수 속으로 걸어들어"갑니다. 이 비빔국수는 이미지와 물질과 관념과 상징이 모두 "무너지"며 섞이는, 서로를 대속하는 "아름다운" 공간이고요. 이 무너짐 속에서 화자가 남긴 마지막 말은 "시를 읽은 사람"에게 전하는 울지 말라는 위로와 "시는 눈깔처럼 쓸게"라는 다짐입니다. 다시 '처럼'으로 겹쳐진 시와 눈깔은 또 어떻게 멉니까. 아득합니다만, 그 아득함이 지금 시인이 처한 백지겠지요.

이처럼 『이별의 수비수들』에서 이미지와 상징과 현실과

관념은 언제든 그 둘레와 속성을 버리고 서로의 자리를 바꿉니다. 성서의 대속이나 희생 같은 종교적 서사는 언제든 비빔국수를 준비하는 주방의 일상사로 바뀔 수 있고요.

이 시편들에 가까워지기 위해선, 우리가 알고 있던 사과라는 이미지의 속성과 먼저 이별해야 하고, 우리가 알고 있던 상징들이 품은 견고한 의미와 먼저 이별해야 합니다. 이별하지 않고는 이별의 세계에 진입할 수 없으니까요.

2. 끊임없이 실패하므로 지속 가능한 이별 ; "밥을 먹고 더 약해져야지 좋은 수비수가 돼야지"

곳곳에 산개해 있는 '처럼'과 같이 이 시집에는 '이별' 역시 여러 번 변주되어 등장합니다. 시집의 제목인 '이별의 수비수들'에 걸맞게 열 편이 넘는 시에 이별이 등장하죠. 이 시집에서 이별은 "종교적"(「루터」)이고, "물로 포도주를 만"(「반 파인트의 기적」)들고, "잠든 얼굴을 찾아 순회하는 선한 목자"(「기적」)입니다. 그러면서도 이별은 "부드러운 노동"(「나의 아름다운 사회주의」)이며, "바밤바 같"(「이별의 눈부심」)고 "밥처럼 윤이"(「시인」) 난다고 합니다. "시인은 이별은 쓰는 사람"(「애인과 시인과 경찰」)이고, '나'는 "이별의 조합원"(「나의 아름다운 프랑켄슈타인」)이라고도 합니다. 앞서 보았듯 이 '이별'은 때로는 이미지로, 의인

화된 대상이자 주체로, 행위나 관념으로, 혹은 이 모든 것이
뒤섞인 무엇으로 등장하죠. 이때의 이별은 기존에 우리가
읽었던 숱한 '전남친 시'들과 그 속성이 다릅니다. 과거에
화자에게 일어났던 사건과 서사로 고정되거나 일인칭 화자
의 서정적 회상과 회감의 영역 안에만 머무르지 않습니다.

　　사랑으로 약해진 사람들 이별의 수비수들
　　　　　　　　　　　—「나의 아름다운 사회주의」 부분

　　초밥은 손으로 꾹 누른 새 같다 밥 먹어 밥을 먹고 더
약해져야지 좋은 수비수가 돼야지 그것이 사람을 키운다
　　　　　　　　　　　　　　　　　—「생각」 부분

　　아들은 수비수다 십 년 동안 수비수였다 프로 선수의 꿈
을 접고 집으로 들어온 아들은 가족의 뒷모습을 서로 비
슷한 오렌지인 것처럼 구별하지 못했다 미래의 사랑을 알
아볼 수 있나요? 사랑이 아름다운 이유는 과거가 앞에서
오기 때문이에요 사랑의 과거는 정면에서 날아와요 우리
가 그래요 수비수니까 아들은 말했다 우리는 미래를 뒤에
둡니다 그것이 수비만 하는 사람들이어서 인류의 절반은
오렌지나무 사이를 걷는다 누군가 불지른 세계가 앞에 있
다 타는 세계는 과거다 한 번도 미래를 불질러보지 못한
아들을 보려고 관중석에서 일어서면 방어선을 끌어내린

수비수들 뒤쪽 일 야드 남은 미래로부터 더 넓어진 과거
로 뛰어드는 아들이 보였다 이것이 우리 서정이에요 오렌
지 타는 소리 아들의 등번호가 오렌지나무들 사이로 사라
지면 나는 뒤돌아서서 생각한다 수비하는 사람의 앞이 아
름답게 타고 있다면 뒤는 얼마나 서정적일까

　　　　　　　　　　　　—「수비만 하는 사람들」 전문

　수비수의 자리는 미래를 위한 자리가 아니라 미래를 등
뒤에 두고 미래를 향해 습격해 오는 과거와 마주하는 자리
입니다. 이 과거의 세계는 "누군가 불지른 세계"이며 이 불
길은 미래를 향해 번져가지요. 수비수는 불타는 과거와 마
주서 있으므로 앞면이 "아름답게 타고 있"습니다. 결과는
정해져 있습니다. 한 인간에게 주어진 미래는 무한하지 않
고, 과거→현재→미래로 진행되는 헤브라이즘의 시간관에
서 보자면 미래를 향해 번져가는 불길은 언젠가 모든 것을
집어삼키고 말 것입니다. 수비수 역시 이를 알고 있을 것입
니다. 그러나 수비'만' 하는 이들의 임무는 그것을 지연하고
막는 것이지, 과거의 불을 끄거나 앞으로 돌진해 과거를 없
애버리는 일이 아닙니다. 이렇게 현재에 버티고 선 채 앞모
습이 불타는 수비수는 이별이 과거에 안전하게 머무르지 않
고 현재에도 계속해서 생동하도록 만듭니다.
　이별의 세계에서 과거의 자리는 이별한 대상인 '당신'이
라는 원관념이 불타 비어 있을 것입니다. 이별한 당신은 상

실했기에 온전하지 않습니다. 이별한 당신을 시에서 호명하는 '나'의 자리 역시, 당신을 상실했기에 온전하지 못합니다. 이별의 수비수가 스스로 불타며 불타는 과거에 호응했듯, 나는 점점 멀어지며 사라지는 당신에 맞추어 "밥을 먹고 더 약해"집니다. 성실하게 약해집니다. 최초의 이별은 필연적이었겠습니다만, 시인은 그 필연을 너와 '나' 사이에 있었'던' 나의 서사로 메우지 않습니다. 불타며 사라지는 원관념을 언어의 결여로서 잠시 시라는 현재에 살아 있게 만들기 위해 여성민 시인의 "서정"은 약해짐에 복무하는 일, 나의 표면을 잃고 어둠에 잠겨가며 부드러워지는 일이 됩니다. 서로 엇비슷한 오렌지나무들처럼 이별의 수비수들은 자발적으로 서로와 비슷해집니다. "시인은 이별을 쓰는 사람"(「애인과 시인과 경찰」)이라 진술할 때, 당신이라는 원관념, 원관념을 대체하는 언어 그리고 이를 겪는 '나'는 모두 결여를 공유합니다. 앞서 시인이 '처럼'을 통해 비유의 실패를 무릅쓰던 모습도 '결여'라는 공통점을 직유로 이으며 결여의 세계 자체를 구현하고자 했던 시도로 읽힙니다. 그것이 "이별의 수비수"가 하는 일이겠지요. 사랑이라고 말해볼 수도 있을까요?

3. 빛을 벗겨내 부드러워지는 사랑; "죽어서도 두부 속을 걷는 사랑이라면"

사랑은 어두운 직업이라고 생각하는 것이다

가장 어두운 물질이 남으니까 사랑은 빛의 도굴꾼이라
고 생각하고 마는 것이다 그때
　　　　　—「복서의 사랑」부분(밑줄은 인용자, 이하 동일)

내가 했던 모든 사랑이 백만 년 후에 벗을 갑옷이라니
그 사람 이후로 사랑은 빛을 벗겨내는 일이었다 가장 날
카로운 검으로 벗기곤 했다
　　　　　　　　　　　—「헝가리에서」부분

이 실패의 자리에서 시인이 도모하고 있는 '사랑'은 무엇
일까 생각해봅니다. 시인은 사랑을 대상으로부터 빛을 벗
겨내고, 훔쳐 오고 나아가 "빛을 무찌르는 일"(「헝가리에
서」)이라고 이야기합니다. 여기에서 '빛＝신＝사랑'의 고
전적 등식이 깨집니다. 신이 아니라 "신성로마제국을 약탈
한" "헝가리를 믿는 일"(같은 시)이 사랑이라고 말합니다.
그렇다면 이 시집에서 '빛'은 어떤 속성을 가지고 있으며,
그 빛을 벗겨내면 대상에게 무엇이 남을까요?

사랑이 끝난다 퇴근해야지, 저녁은
흘러내린 머리카락

약간의 빛처럼, 이라고 쓴다 빛이 남은 곳에 앉아

빛은 어떤 노동자일까
아침에 일하러 가고 저녁에 약해지는

(……)

빛은 피의 노동자이다

　그러나 언덕을 내려가는 사람 있을 것이다 캄캄한 집에
누워 부드러운 것 찾아 먹는 사람 있을 것이다

　힘을 빼고
　턱의 힘으로만

　타인의 도움 없이 혼자 할 수 있어서
　이별은 부드러운 노동

　그리하여 어둠 속에서 내 쪽으로 돌아앉으며 부드러운
노동자여 하고 불러본 것이다

피의 노동자도 되고 약간 연한 노동자도 된 것이다 하지
만 사회주의 연애는 존재하지 않는다고 국가는 나의 부드
러움을 구속할 것이다

—「나의 아름다운 사회주의」 부분

빛의 노동이 끝나면 "부드러운 것"을 "찾아 먹는" 이별의
노동이 찾아옵니다. 앞서 말했듯 빛을 무찌르는 일이 사랑
이라면, 이 시집의 사랑은 그 빛의 세계를 이별의 세계 쪽으
로 향하게 하는 일일 것입니다. 빛이 사라진 곳에서 '우리'는
한 무덤에 합장한 시신처럼 포개집니다(「내가 찢은 테니스
공」). 이때 사랑은 이별의 노동을 할 수 있도록 남은 빛을 지
우는 일입니다만, 그 이별을 쓰기 위해서는 빛이 필요하다는
역설적 상황에 시인은 놓여 있습니다. 따라서 시인은 낮에는
"피의 노동자"가 되고 어둠 이후엔 이별에 종사하는 "부드러
운 노동자"가 되는 것이죠. 빛을 지워 이별을 겪어내고, 다시
빛 속에서 그 이별을 적어야 하는 순환 노동이 시인의 몫입
니다. 앞서 사과가 나를 한 바퀴 돌아오고, 그 한 바퀴를 돌
아온 사람을 사랑했듯(「사과」), 우리가 어긋나 나를 한 바퀴
돌아 오로라가 되기를 바랐듯(「좋은 씨앗」), 명징한 빛의 세
계에 있는 대상에게서 속박과 둘레를 벗겨내고 부드러운 어
둠 속에서 이별(융화)을 거쳐 그것을 다시 써내는 노동이 이
시집에서 여성민 시인이 복무하는 일입니다.

이별한 후에는 뭘 할까 두부를 먹을까 숙희가 말했다

내 방에서 잤고 우리는 많이 사랑했다 신비로움에 대해
말해봐 신비로워서 만질 수 없는 것에 대해 숙희는 말했다

눈이 내렸을까 모르겠다 신비로워서 만질 수 없는 것을
나는 모른다 두부 속에 눈이 멈춘 풍경이 있다고 두부 한
모에 예배당이 하나라고

사랑하면 두부 속에 있는 느낌이야 집에 두부가 없는 아
침에 우리는 이별했다

숙희도 두부를 먹었을까 나는 두부를 먹었다

몸 깊은 곳으로
소복소복 무너지는

이별은 다 두부 같은 이별이었다 예배당 종소리 들으
려고

멈춘 풍경이 많았던
사람이 죽을 때

눈이 몰려가느라 몸이 하얗다면
죽어서도 두부 속을 걷는 사랑이라면

눈이 가득한 사람아 눈이 멈춘 눈사람 예배당 종소리 퍼
지는 지극히 아름다운 눈사람아 그러나 만질 수 없는 것
을 나는 모르고
두부는 생으로 썰어 볶은 김치와 먹어도 좋고

된장 조금 풀어서

끓여내는 이별
—「숙희」 전문

이 시에서 화자는 사랑과 이별을 경험한 자인 동시에, 사
랑을 다시 발명해 제시하고 이별을 다시 "끓여내"고 있습니
다. 연인이 서로에게 "사랑하면 두부 속에 있는 느낌"이라
고 말할 때 두부는 '부드러움'이라는 촉감을 사랑의 느낌과
공유하는 하나의 이미지일 것입니다. 사랑의 포근한 느낌을
표현하기 위한 보조적인 역할인 것이죠. 이후 "신비로워서
만질 수 없는 것"에 대해 숙희가 물었을 때, "두부 속에 눈
이 멈춘 풍경"이라는 현실에서 구현 불가능한 이미지로 두
부는 심화됩니다. 두부는 부드러움을 직접 만져 느낄 수 없

고, 그렇기에 더 신비롭습니다. 이별 후에 사랑은 그 불가능한 두부의 이미지 속을 걷는 일이 되고, 이후 된장찌개를 끓여낼 때 이 시에서 이별과 사랑의 실패를 함께 경험한 독자들만 읽어낼 수 있는 이별과 두부 간의 기묘한 은유가 발생하게 됩니다. 여기에서는 이별이 원관념인지, 두부가 원관념인지 구별하기 어렵습니다. 그 형태가 시 속에서 융화되어 거의 하나같거든요. 서로가 서로의 원관념이고, 서로가 서로의 보조관념이 되는 것이지요.

　선희는 착한 여자입니다 경희는 팥빵을 좋아하고요 팥빵 먹는 소리에 잠을 이루지 못해 숙희는 타월로 방문을 틀어막습니다 우리의 나날은 그저 각자의 코르크로 병을 틀어막은 사람처럼 자신의 병 속에서 흘러가다 돌아오고 가끔 코르크 마개 뽑는 소리가 방에서 들리고 그러나 한집에 살고 사인용 식탁에 앉아 커피를 내리거나 영국의 날씨를 이야기하며 몇 편의 시로 하루를 보내는 심각할 것 없이 단조로운 나날입니다 허연의 「장마의 나날」을 장미의 나날로 읽은 것이 나인지 선희인지 모릅니다 경희나 숙희일 수도 있습니다 사랑이 다시 시작된다고 믿었을까요 네 사람이 먼 곳까지 걸어갈 때도 있는데 언덕 하나 없고 미루나무도 없는 평원은 아무리 걸어도 끝이 없어서 걸어가다 돌아오곤 했습니다 우리를 둘러싼 희미한 대지는 팥빵을 싼 종이 같아 우리는 이것을 회색 종이라 부릅니다 칼이나 열쇠로 흙에 아무렇게나 금을 긋기도 합니다 내가 그은 선이 미루나무나 언덕이나 비라고 믿으며 더 많은 선을 그으면 장마의 나날이 올지도 몰라 그 말을 한 사람이 나인지 선희인지 모르지만 들판 여기저기 길고 짧은 선이 늘었습니다 나중에 회색 종이를 구기면 낙원이 생기겠지 사람들은 모르지 언덕을 만들고 급류를 만든 사람이 누군지 외과의사는 자신이 그은 선을 구별한대 언젠가 말이야 낙원에 가서 각자 그은 선을 찾아다니자 그런 말을 하며 걸어가다 돌아오는 나날입니다 한 사람이 죽으면 열쇠로 땅을 파고 타월로 틀어막고 부드러운 흙이 될 때까지 밟으며 보낸 나날입니다 여전히 경희는 착합니다 숙희는 팥빵을 좋아하고요 선희는 타월을 정리합니다 사랑이 시작되어도 사랑이 끝나도 무관한, 섞이지 않고 흐리며, 쓸어안지 않고도 같이 흘러가는 나날이어서 아무도 나가려 하지 않습니다 쇠락해도 다시 피지 않으며 우리가 틀어막은 사랑이 낙원이라는 것을 알고 끝까지 걸어가다 돌아오는 회색 종이 안에 삽니다

—「낙원」 전문

1, 2, 3부의 제목이기도 했던 선희와 경희와 숙희가 모두 등장하는 시 「낙원」입니다. 이 낙원의 공간에서 최초의 선희는 (외부의 판단이 개입하는) 선(善)의 '관념'과 함께, 경희는 팥빵을 좋아한다는 내적 '속성'과 함께, 숙희는 타월

로 방을 틀어막는다는 '행위'와 함께 등장합니다. 희미한 대지에 둘러싸인 채 "아무리 걸어도 끝이 없"는 평원을 산책하는 낙원의 "단조로운 나날" 속에서 우리는 우리를 둘러싼 "희미한 대지"를 "회색 종이"라 부르고, 우리가 그은 선을 평원의 "미루나무나 언덕이나 비라고 믿"습니다. 사물에 새로운 이름을 지어주고, 우리가 그린 가상의 이미지를 우리가 먼저 믿어주는 게 우리의 일이죠. 시를 쓰고 읽는 일과도 비슷합니다.

서로를 묻어주는 죽음의 시간을 거쳐 시의 후반부에 이르러 우리는 비로소 융해됩니다. 이제 누가 착한지, 누가 팥빵을 좋아하는지 구분하지 않아도 좋은, "사랑이 시작되어도 사랑이 끝나도 무관한" "틀어막"힌 낙원이 등장합니다. 이 고립된 방과 같은 낙원은 회색 종이 안에 있습니다. 선악과 죽음 이전 태초의 낙원이 아닌, 믿음과 이름 짓기로 만들어진 소규모 낙원이죠. 죽음이라는 최후의 이별을 맞을 때까지, 이별의 수비수로서 쓰기의 임무를 다해야 들어갈 수 있을 이 엉뚱하고 슬픈 낙원을 여성민의 시라고, 수비라고, 사랑이라고 말해볼 수 있겠습니다.

여기까지 들어주셔서 감사합니다. 이 해설도 사실 사랑에 대한 비유였습니다. 실패했죠. 아무쪼록 우리의 무궁한 실패를 바랍니다. 실패의 자리가, 이별의 수비수가 서 있을 자리일 테니까요.

여성민 2010년 『세계의 문학』 신인상에 단편소설이, 2012년 서울신문 신춘문예에 시가 당선되며 작품활동을 시작했다. 시집 『에로틱한 찰리』, 소설집 『부드러움과 해변의 신』이 있다.

— 문학동네시인선 223
이별의 수비수들
ⓒ 여성민 2024

— 1판 1쇄 2024년 10월 21일
1판 2쇄 2024년 12월 5일

지은이 | 여성민
책임편집 | 방원경 편집 | 정은진 임고운
디자인 | 수류산방(樹流山房) 본문 디자인 | 유현아
저작권 | 박지영 형소진 최은진 오서영
마케팅 | 정민호 서지화 한민아 이민경 왕지경 정유진 정경주 김수인 김혜원
    김예진
브랜딩 | 함유지 함근아 박민재 김희숙 이송이 김하연 박다솔 조다현 배진성
제작 | 강신은 김동욱 이순호 제작처 | 영신사

펴낸곳 | (주)문학동네
펴낸이 | 김소영
출판등록 | 1993년 10월 22일 제2003-000045호
주소 | 10881 경기도 파주시 회동길 210
전자우편 | editor@munhak.com
대표전화 | 031) 955-8888 팩스 | 031) 955-8855
문의전화 | 031) 955-2696(마케팅), 031) 955-1901(편집)
문학동네카페 | http://cafe.naver.com/mhdn
인스타그램 | @munhakdongne 트위터 | @munhakdongne
북클럽문학동네 | http://bookclubmunhak.com

ISBN 979-11-416-0137-9 03810

* 이 책의 판권은 지은이와 문학동네에 있습니다. 이 책 내용의 전부 또는 일부를 재사용
  하려면 반드시 양측의 서면 동의를 받아야 합니다.
* 이 도서는 2024년도 한국문화예술위원회 아르코문학창작기금(문학 창작산실) 사업에
  선정되어 발간되었습니다

잘못된 책은 구입하신 서점에서 교환해드립니다.
기타 교환 문의: 031) 955-2661, 3580

www.munhak.com

문학동네